ハーレクイン文庫

二人のティータイム

ベティ・ニールズ

久我ひろこ 訳

HARLEQUIN
BUNKO

DEAREST MARY JANE

by Betty Neels

Published by Harlequin Japan, a Division of K.K. HarperCollins Japan, 2024

二人のティータイム

◆主要登場人物

メリー・ジェーン・シーモア……喫茶店の店主。
フェリシティ・シーモア……メリー・ジェーンの姉。モデル。
オリバー……メリー・ジェーンのいとこ。
マーガレット……オリバーの妻。
エミリーとメイベル・ポター……メリー・ジェーンの知人姉妹。
サー・トマス・ラティマー……整形外科医。
ミセス・ラティマー……サー・トマスの母親。

1

五時になった。九月の午後の暖かくかすんだ日差しがかげり、冷気が忍び寄ってくる。喫茶店の窓際のテーブルを占領していたポター姉妹は、しぶしぶカップを置いて、出ていく支度を始めた。姉のミス・エミリーはしゃれた帽子をかぶり直し、奥の小さなカウンターに腰かけている娘に声をかけた。「お勘定をお願いするわ、メリー・ジェーン」

そばに来た娘を見ながら、二人の姉妹はいつものように思った。だれが名前をつけたのか知らないけど、本当にぴったりだこと。

その娘はいかにもメリー・ジェーンという感じがした。背は高くなく、少しやせすぎていて、顔立ちはおとなしい。薄茶色の長くまっすぐな髪を巻き、無造作に頭の上にピンで留めている。ただ、長いまつげに縁取られたすみれ色の瞳に見つめられた時、だれでも初めて、彼女がありきたりの娘でないことに気づくのだ。

娘は静かな声で言った。「お茶を楽しんでくださったかしら。そのうちにティーケーキを作ります」

二人の客はそろってうなずいた。「楽しみにしているわ」ミス・エミリーは財布を出した。「ぐずぐずしてはいけないわね。もう閉店ですもの」

彼女がテーブルにお金を置くと、メリー・ジェーンはドアを開け、二人が村道を渡るのを見届けてから閉めた。

テーブルをふき、上にのっていたものを奥の小さな台所に運んでから、ドアの札を〈閉店しました〉のほうに裏返しに行った時、一台の車が止まった。メリー・ジェーンが鍵(かぎ)をかける前にドアが押し開けられ、男性が一人入ってきた。大柄でがっしりしているので、小さい店がさらに狭く感じられる。

「よかった」彼は元気よく言った。「まだ開いているんだね。連れがお茶をほしいと……」

「もう閉店です」メリー・ジェーンは静かに言った。「鍵をかけるところを、あなたが押し開けたんです。ここからストウオンザウォルドは遠くありません。あそこならホテルもあるし、お茶も飲めますよ」

男性は、子供か耳の遠い人にでも話すように、たんたんと言った。「連れはこれ以上待てないと言っている。ポット一杯のお茶でいいんだ。そう手間はかからないはずだが」

その口ぶりは、なんでも思いどおりにしたがる男性のものだったが、メリー・ジェーンはこれからすることがたくさんあったし、脅されるのもきらいだった。「申し訳ありませんが……」

言いかけたところに、三十代ぐらいの美しい女性が飛び込んできた。だが、眉根を寄せ、口を不機嫌に結んでいるので、美貌(びぼう)も台なしだ。

「お茶は?」女性は尋ねた。「ああ、トマス、私はお茶が一杯ほしいだけよ。そんなに大変な頼みかしら? それにしてもみすぼらしいところね」彼女は小ぶりな籐(とう)椅子に優雅に腰を下ろした。「きっと飲めないようなティーバッグだと思うけれど……」

メリー・ジェーンはすみれ色の瞳で男性を冷たく見すえて言った。「もちろん飲めるようなティーバッグもあります。でも、お連れはアール・グレイかオレンジ・ペコーがいいんでしょうね?」

「アール・グレイよ」女性がそっけなく言った。「それにあまり待たせないでほしいの」

「お湯がわく間だけですよ」メリー・ジェーンはぞっとするほど優しい声で言った。台所へ行き、お茶をいれて、トレーをテーブルに運んでいく。男性が立ち上がってトレーを受け取ったので、メリー・ジェーンはひどく驚いた。

彼女は台所を片づけ始めた。このあと夕食後にスコーンを焼き、砂糖入れを満たし、ジャムの容器もチェックし、同時に、明日の昼食に出すソーセージロールのパン生地も用意しなくてはならない。

彼女が最後のカップを片づけている時、例の男性が台所の入口に来て尋ねた。「勘定は?」

メリー・ジェーンはカウンターへ行って勘定書に数字を書き入れると、黙って彼に渡した。連れの女性が声をかけた。

「ここは化粧室がないんでしょうね？」

メリー・ジェーンは釣銭を数える手を止めた。「ええ」そしてわざと言い添えた。「公衆トイレなら村の広場の向こう側にありますよ」

男性は笑いを抑え、冷たく丁重に言った。「お茶をありがとう」そして、女性を先に出し、自分がドアを出る時、札を〈閉店しました〉に裏返した。

メリー・ジェーンは走り去っていく車を見守った。すてきな車――濃紺のロールスロイスだった。

メリー・ジェーンはドアに鍵をかけ、テーブル四つの小さな店を片づけ、台所でティーカップを洗った。それから、夕食をオーブンに入れると、ドアの裏の食器棚に隠れた狭い階段を上り、まず寝室へ行った。そこは天井が低く、格子窓から裏庭が見え、家具は少ししか置かれていない。だが、カーテンやベッドカバーはかわいらしく、古風なサイドテーブルの上の花瓶には花が生けてある。メリー・ジェーンは短時間で身づくろいをし、狭い踊り場の反対にある居間へ行った。こちらはコテージの表側になる。喫茶室の上になるかなり広い部屋だが、ここもあまり家具はなく、花が飾ってある。メリー・ジェーンはタイル張りの火床に置いた小さなガストーブに点火し、小さなひじかけ椅子のそばの読書ランプのスイッチをつけた。これで部屋は温かな雰囲気をかもし出す。それをすませると、また階下に下りて、台所のドアを開け、猫のブリンブルを中に入れた。美しいしま模様の雄猫は、メリー・ジェーンの足元にまつわりつきながら夕食をねだり、えさを食べ終えると、二階へ上がってガスストーブの前で寝そべった。

メリー・ジェーンはオーブンからシェパードパイを取り出すと、台所の窓際に食卓を整えて夕食をとった。六時のニュースの終わりのほうをぼんやり聞きながら、明日に備えて焼くものを考える。毎週金曜日はバスがストウオンザウォルドへ行き、四時ごろ戻ってくる。村はずれに住む乗客は、家に帰る前にお茶を飲みに寄ることが多かった。

パイとりんごを食べ終わると、テーブルを片づけて、のし板とめん棒を出した。スコーンは作るのが簡単で、客の評判もいいので、オーブンで二回焼き、ソーセージロールを作ってから、喫茶室へ行って今日の売り上げを計算した。ささやかなものだった。なんとか暮らしてはいけるが、休暇をとったり新しい服を買ったりするゆとりはない。ただ、このコテージだけはメリー・ジェーン自身のものだった。

マシュー伯父が二年前に亡くなった時、コテージを遺してくれた。伯父はメリー・ジェーンの両親が自動車事故で亡くなって以来、後見人になっていた。

当時、彼女と姉のフェリシティは中学生だったが、伯父夫婦に引き取られ、教育を受けさせてもらった。ずば抜けて美しいフェリシティは、学校を卒業するとすぐロンドンへ出ていき、モデルになり、今や売れっ子だ。一方メリー・ジェーンのほうは家に残り、病気がちの伯母と伯父の世話を引き受けた。伯父夫婦は親切だったが、あまりかまってはくれなかった。伯母が亡くなった時、メリー・ジェーンはそのまま残って、伯父と家の面倒を見ながら、将来のことやどんどんたっていく年月については考えまいとした。二十三歳近くなったころ、伯父が亡くなった。伯父が村にあるコテージと五百ポンドを遺してくれたことはうれしい驚きだった。メリー・ジェーンはすぐに、村の反対側の大きな屋敷からコテージに引っ越した。マシュー伯父の息子もその妻も、メリー・ジェーンには好意を持っていなかったからだ。

メリー・ジェーンは遺産の一部で中古の家具を買い、料理以外にとくに才能もなかったので、喫茶店を開いた。村人と顔なじみだったおかげで、数カ月たつうちに暮らしていけるだけの収入が得られるようになった。フェリシティは会いにきて、店を見て喜んだが、援助はしなかった。

「あなたはいつも家庭的なタイプだったわね」フェリシティは笑いながら感想を述べた。「ここで一生暮らすなんて、私なら死んでしまうわ。来週仕事でカリブ海へ行くの。私みたいになりたいって思わない？」

メリー・ジェーンはしばらく考えたあとで答えた。「いいえ、そうは思わないわ。姉さんは楽しんできてね」

「そのつもりよ。でも、ハンサムで金持の男性を見つけたらすぐ結婚するわ」姉は優しく妹の肩をたたいた。「あなたにはそういう望みはなさそうね」

メリー・ジェーンは愛想よくうなずいて考えた。この村の出身でない男性を見つけて、結婚できたらすてきだろう、と。

最後のソーセージロールをオーブンから出しながら、メリー・ジェーンはそのことを思い出した。たしかに今日の午後、私は男性と出会った。あの車が借り物でないとすれば、彼はかなり裕福で、そのうえハンサムだった。残念ながら、小説のようにお互いに一目ぼれはしなかったが。どちらかといえば逆だ。彼はもう一度会いたいという気持など見せなかったし、私も彼が気に入らなかった。メリー・ジェーンはもう一度台所を片づけて、二階へ行き、ブリンブルと一緒にストーブのそばで過ごしてから、眠りについた。

ミス・エミリー・ポターが店に来たのはちょうど一週間後、彼女にしては珍しく午前十一時だった。彼女はひどく興奮していた。

「どうしていいかわからなくてね」ミス・エミリーはあえぎながら言った。「そしたらあなたを思い出したのよ、メリー・ジェーン。ミセス・ストークは留守だし、牧師館のミス・ケンブルは若いお母さんたちと子供のパーティがあるの。タクシーがもうすぐ来るのに、メイベルがひどく緊張しているのよ」

ミス・エミリーまでが取り乱さないうちに、メリー・ジェーンは急いで問題を理解しなくてはと思った。「なぜですか？」

「専門の先生の診察を受けに行かなきゃならないの。ほら、腰のね。ドクター・フェロウズが予約してくださったのに、今になってメイベルがしぶっているのよ。残念だわ。その先生はめったにチェルトナムまで来ないんですもの。予約は二時なのに、とても私は一緒に行けないの。ディダムズがかわいそうで置いていけないから……」

「ディダムズを預かってほしいんですか？」メリー・ジェーンはそう尋ねながら、内心ため息をついた。ディダムズはとても扱いにくいパグ犬なのだ。

「いいえ、違うの。ディダムズは私たち姉妹以外、だれの言うことも聞かないわ。あなたにメイベルの付き添いをお願いしたいのよ」ミス・エミリーは喫茶室を見回した。「お客はいないわ。一、二時間お店を閉めてもかまわないわよね」

今はだれもいないけれど、いつ店が客でいっぱいになり、コーヒーやビスケットの注文があるかわからないんですよ――メリー・ジェーンはそう言いたいのを我慢して慎重に尋ねた。「いつ帰れるんですか？」

「予約が二時だから、きっと四時までには戻れるわ」ミス・エミリーは心配そうに両手を強く握りしめた。「ほかに方法がないのよ」

タクシーで病院へ行くには三十分以上かかる。メリー・ジェーンは予約した時間の三十分前に着かなくてはと考えた。

「三十分ほどでうかがいます。まだ時間はたっぷりありますよね」

ミス・エミリーは涙を浮かべるほど感謝しながら出ていった。メリー・ジェーンは店を閉め、ブラウスとスカート、カーディガンに着替えると、簡単に昼食をすませた。ブリンブルがベッドの隅で気持よさそうに眠っているのを確かめてから、広場を横切り、小道を通ってポター姉妹のコテージへ行った。

コテージとはいえ、石造りのすてきな家で、姉妹には広すぎた。二人はその家で生まれ、一生そこで過ごすつもりだ。もっとも、そのためにはつつましく暮らさなくてはならないだろう。メリー・ジェーンはベルを鳴らし、ミス・エミリーに客間に招き入れられた。ミス・メイベルは家具に囲まれて座っていた。

メリー・ジェーンはしゃれた小ぶりのビクトリア朝様式の椅子に腰かけ、元気よく話し始めた。ミス・メイベルは最後の瞬間を迎えたという顔をしているので、まるで死刑を宣告された人に話しかけているようだった。タクシーが来て、陽気な会話が打ちきられた時、メリー・ジェーンはほっとした。

予約の時間より三十分早く着いたが、これは失敗だった。というのは、整形外科の診察が予定どおりには進んでいなかったからだ。厳しい顔つきの師長がミス・メイベルの名を呼んだのは三時近かった。そのころミス・メイベルは極度の緊張状態だったので、メリー・ジェーンは彼女を立たせ、診察室へ連れていかなければならなかった。

デスクのむこうの医師が立ち上がり、ミス・メイベルの力ない手を握った。その医師は、うるさい連れのためにお茶を要求したあの男性だった。メリー・ジェーンは元気な声で言った。「まあ、こんにちは。こんなところで会うなんて驚きました」

冷ややかなブルーの目がメリー・ジェーンを見返したが、彼女を覚えている気配はない。「こんにちは」彼はつぶやくように答えた。無関心な丁重さが感じられて、メリー・ジェーンは赤くなった。

師長はメリー・ジェーンの様子に気づきもせず、てきぱきと言った。「ミス・ポターと一緒にいたほうがいいですね。とても不安そうだから」

メリー・ジェーンは部屋の隅に腰を下ろし、医師が巧みに訴えや症状を聞き出すのを見守った。彼はとても親切で、まるでいら立ちを見せない。ミス・メイベルが脱線し、気分がよくなくて集中できずマーマレードが固まらなかったと説明した時でさえ落ち着いていた。不愉快で横柄な人だけれど、いいところもあるんだわ、とメリー・ジェーンは考えた。もちろん彼のことはこれまで何度か、それもかすかな憧れとともに思い浮かべた。というのも、ロールスロイスを乗り回すハンサムで大柄な男性というのは、身のまわりにいなかったからだ。だが、再会するとは思ってもみなかった。彼の美人の連れのことを考えていると、師長がミス・メイベルをカーテンで仕切った一隅へ連れていき、メリー・ジェーンは現実に引き戻された。

医師はメリー・ジェーンには目もくれず、何かをせっせと書いていた。師長が患者の支度ができたと告げにくると、彼はカーテンのかげに姿を消した。

メリー・ジェーンはじっと座っているのにあきてしまった。診察は少なくとも十分はかかるだろうと思ったので、デスクに行って、彼がさっき書いていたメモをのぞき込んだ。なぐり書きしてあったから、最初はさっぱり理解できなかったが、だんだん意味がわかってきた。大まかな図もあり、矢印がいろいろな方向を指し、ラテン語らしきものがある。彼が小学生のころに、読みやすい字を書くようだれも注意してあげなかったのかしら、とメリー・ジェーンは思った。

彼の声がした。整形外科に興味があるのかと優しくきかれて、メリー・ジェーンはぱっと振り向き、彼のチョッキの胸にぶつかった。

「ええ、いいえ。つまり……」メリー・ジェーンはまた真っ赤になった。「あなたの字は本当に読みにくいですね」

「そうかい？　でも自分が読めるからいいんだ。きみはおせっかいなんだね」

「患者の特権ですもの」メリー・ジェーンが言葉に詰まることはない。彼は少々意地悪な声で笑った。

医師はまたデスクに向かって何か書き始め、メリー・ジェーンは椅子に座って彼を観察した。三十五歳くらいだろうか。褐色の髪で、こめかみのあたりにもう白髪がまじっている。鼻は人を見下すように堂々としていて、口元は引きしまり、あごは頑丈そうだ。笑ったらきっと感じがいいに違いない。着ているものは地味で品があり、かなりお金がかかっている。なんていう名前かしら。そう思ってから、どうでもいいことだと思い直した。

ミス・メイベルが帽子から手袋まですっかり身支度を整えて、カーテンから出てきた。それを迎えるように、医師は立ち上がった。いい感じだわ、メリー・ジェーンは思った。彼はミス・メイベルに、腰を手術したら痛みや悪いところが楽になると告げたが、その言い方も好ましかった。

彼はメリー・ジェーンのほうを向いた。「あなたはミス・ポターの親戚?」丁重で冷静な口調だ。

「いいえ、同じ村に住んでいるだけです。ミス・メイベルのお姉さんはディダムズがいるから……」彼が眉を上げたので、説明する。「犬なんです。具合が悪いという獣医の話で……」だが、彼が獣医の言葉を聞きたがっていないのは明らかだったので、メリー・ジェーンは黙った。

「ミス・ポターのお姉さんに病院に電話をするよう話してほしい。入院手続きを説明するから」

彼はミス・メイベルのほうを見て別れを告げると、メリー・ジェーンに会釈した。師長が二人を待合室に連れ出した。

「あのお医者さんの名前は？」メリー・ジェーンは尋ねた。

師長は次の患者のカルテに手を置いていたが、冷たい表情でメリー・ジェーンを見た。

「サー・トマス・ラティマーです。先生に診てもらえて、ミス・ポターはまったく運がいいこと」彼女は重々しくつけ加えた。「有名な専門医ですからね」

「まあ、よかったわ」メリー・ジェーンは師長に明るい笑顔を向け、ミス・メイベルに手を貸して、タクシーの待っている前庭に出た。

帰りの車内で、ミス・メイベルは診察の様子をとりとめもなく説明し、運転手は妻の静脈瘤（りゅう）治療の話をしたがったので、メリー・ジェーンはそのどちらでもない話題に持っていくのに苦労した。

ポター姉妹のコテージに着くと、一部始終を説明するのにかなり時間がかかった。メリー・ジェーンの筋道通った話に、ミス・メイベルの飛躍した空想が入りまじったからだ。やがてメリー・ジェーンは帰宅し、待ちかねていたブリンブルにおやつを食べさせ、自分にはお茶をいれた。もう五時近かったので、店を開ける気はなかった。鍵をかけ、二階へ行くと、ストーブのそばに腰を下ろし、ブリンブルを膝にのせて、メリー・ジェーンはサー・トマス・ラティマーのことを考えた。

数日間は何事もなく過ぎた。好天が続き、ゆく夏を楽しむドライブ客がたくさん立ち寄ったので、メリー・ジェーンはいつもより売り上げを伸ばした。ポター姉妹は姿を見せなかったが、それは予想どおりだった。二人はいつも決まって木曜日に年金を引き出し、喫茶店へやってきて、お茶とスコーンを楽しむ。だから二人がいつもより二日早く、しかも朝の十一時に店に来たのにメリー・ジェーンは驚いた。

「手紙が来たのよ」ミス・エミリーが言った。「あなたにも関係があるから読んでほしいの。せっかくここまで来たのだから、とびきりおいしいコーヒーもごちそうになるわ」

メリー・ジェーンはコーヒーをいれ、手紙を受け取った。手紙には、ミス・ポターはサー・トマス・ラティマーが必要と考える手術を受けるため、四日以内に来院されたい、と書かれていた。寝間着や洗面道具を持ってくるようにという部分はざっと目を通し、メリー・ジェーンは次の部分をゆっくりと読んだ。〈ミス・メイベルの神経過敏な状態から見て、彼女を元気づけるよう、前回の診察に付き添った若い女性が今回も同行することが望ましい〉

「まあ、とんでもないわ」メリー・ジェーンは言って、手紙を返した。

「お願いできるわね？」ミス・エミリーは当然応じてもらえるだろうという口調で尋ねた。「幸いこの時期はあなたもお客が少ないし、一時間くらい留守にしてもそう差し支えないと思うの」

お天気がいいから、スコーンを食べる客はもちろん、コーヒーやお茶の客もかなり期待できる。九時から五時まで店を開く価値は大いにある。そう言おうとしたが、メリー・ジエーンは思いとどまった。よい天気は長続きしないだろうし、彼女はポター姉妹が好きだったからだ。

「三時ね」メリー・ジェーンは言った。「ここを二時すぎに出ればいいかしら？　ええ、もちろん、ミス・メイベルが落ち着くのを見届けに行きますよ」

二人のほっとした顔を見て、メリー・ジェーンはコーヒーをもう一杯サービスした。ミス・エミリーが言った。「ディダムズに元気で留守番ができるようになってほしいわ。そうすればメイベルのお見舞いに行けるのに。いつまで入院するのかしら」

「調べてみましょうね」

喫茶店のドアが開き、四人の客が入ってきた。メリー・ジェーンは新しい客のほうへ行った。二組の年配の夫婦はメリー・ジェーンがうれしくなるほどたくさんスコーンを平らげ、コーヒーをポットで注文した。内心気が進まないのにポター姉妹の世話をしているせいで、ご褒美にふだんより大勢の客が入り、収入が増えるのかもしれないと、メリー・ジェーンは思った。

実際そのとおりだった。次の二、三日は忙しさが続き、〈営業中〉の札を〈閉店しました〉に裏返すのが残念だった。その日も晴れ上がり、いつもより大勢の人がコーヒーを飲みに来た。今日も昨日と同じなら、小さな喫茶店は午後も客でいっぱいになるはずだ。

ミス・メイベルはあきらめたように黙り込み、メリー・ジェーンはなだめる必要もなくタクシーに乗り込んだ。ミス・メイベルの悲しそうな顔を見て、メリー・ジェーンの優しい心は痛んだ。楽しい話題を見つけようと懸命に努力し、ふだんより早口でおしゃべりしたので、病院に着くころには口が疲れてしまった。今回は待たされることはなかった。二人はすぐに病棟に案内され、ミス・メイベルは服を脱いでベッドに入るようにと言われた。メリー・ジェーンのほうは必要事項を病棟の事務員に伝えた。陽気で親切な事務員は面会や電話、食堂のことなどを書いたパンフレットをくれた。

「師長がすぐ来ます。何かおききになりたいことがあったら尋ねるといいですよ」

　メリー・ジェーンが病室に戻ると、青白い顔でベッドに横たわっていたミス・メイベルは、なんとかほほえみを浮かべた。

「師長さんがすぐに来ますって。服を持って帰って、起きられるようになってから持ってきましょうか?」メリー・ジェーンはそう言って、近づいてくる足音に聞き耳を立てた。

「師長さんだわ」

　サー・トマス・ラティマーも一緒だった。長い白衣を着て、両手をズボンのポケットに入れている。彼は陽気に挨拶(あいさつ)をして、メリー・ジェーンを冷静に眺め、患者に話しかけた。

　病院での態度は感じがいいのね。メリー・ジェーンは思いめぐらした。患者を優しくなだめる一方で、この先生なら大丈夫という強い印象を与える。メリー・ジェーンはミス・メイベルが安心して、かすかな笑みさえ浮かべるのを見て、カーテンのほうにしりぞいた。

患者を診察するのなら、席を外したほうがいいと思ったのだ。

「そこにいて」医師は振り向かずに言った。

メリー・ジェーンは〝いやよ〟と言いたかったが、ミス・メイベルがやっと落ち着いたのを妨げてはいけない。彼女は医師の頭を後ろからにらみながら、その場にとどまった。

今日は忙しかったから、少し疲れていた。メリー・ジェーンはそっと片足ずつ動かしながら、ベッドのむこう側の師長みたいになれたらいいのにと思った。きりっとしていて、まだ若いのに、いかにも有能そうだ。サー・トマスと時々短い言葉を交わしているが、メリー・ジェーンには何一つ理解できない。彼女はあくびをかみ殺し、ミス・メイベルにほほえみかけると、片方の靴を脱いだ。

師長は有能なうえに親切だった。ミス・メイベルはしだいに陽気になり、サー・トマスが診察を終えてベッドわきに腰を下ろすと、今度は本物の笑顔を見せて、彼の出した手を握り、励ましの言葉に聞き入った。

「さて、それでは、ミス……？」サー・トマスはそう言って、メリー・ジェーンを振り返った。

「シーモアです」冷ややかに答えながら、彼女は足を靴に押し込んだ。

彼はメリー・ジェーンの顔から足に視線を移したが、表情は変わらない。

「面会はあさってからになる。お姉さんはいつ電話をしてきてもかまわないよ。手術は明朝八時だ。ミス・ポターは昼前にベッドに戻っていると思う」彼はつけ加えた。「きみのところには電話があるかい?」

「いいえ。郵便局のを使っているけれど、牧師館のミス・ケンブルが伝言を受けてくれます。みんなポター姉妹と知り合いですから。病棟の事務の人に何軒かの電話番号を教えておきました。でも、明日のお昼、だれかに電話をかけてもらうようにします」

彼はうなずき、患者に優しくほほえみかけると、師長と一緒に立ち去った。かわりに若い看護師が来た。お茶を持ってくるというので、メリー・ジェーンは帰るきっかけができた。彼女はミス・メイベルの頬にキスをして約束した。「みんなでお見舞いに来ますからね」そして外に出て、辛抱強く待っていたタクシーを見つけた。

村に戻って、ミス・エミリーにすべての説明を終えたのは、店を開けるには遅すぎる時間だった。メリー・ジェーンはお茶をいれ、ブリンブルにえさをやると、明日のスコーンを焼く準備をすっかり整えた。その間、サー・トマスのことを考えていた。

手術は成功した。村中がそのことを知っていた。みんなが喫茶店に集まってその話をするので、メリー・ジェーンはお茶やコーヒーをいれるのに忙しかった。牧師の妹のミス・ケンブルが、明日病院に車を出すという。

「車は四人乗れるわ。あなたはもちろんいらっしゃるわね、ミス・エミリー。それからミセス・ストーク、それにもちろん私の兄も」

ミス・エミリーはカップを置いた。「メリー・ジェーンも来られるといいんだけど……」「ほかの日にしてちょうだい」ミス・ケンブルはいばって言った。「それに、だれがディダムズの面倒を見るの？ メリー・ジェーンになついているじゃないの」

それで相談がまとまり、次の日、ミス・メイベルは夜よく眠ったという師長の報告に勇気づけられ、みんなは出かけていった。メリー・ジェーンはすねるディダムズを片腕でかかえて見送った。そのあと犬を連れて居間に上がり、ドアを閉めた。ブリンブルがベッドで昼寝していて気づかなかったのでほっとする。ミス・メイベルを見舞いに行きたかったが、今はだれかがチェルトナムまで車に乗せてくれるのを待たなければならないだろう。

だが、チャンスはすぐに訪れた。ミセス・フェロウズがお茶を飲みに立ち寄って、なぜメリー・ジェーンが一緒に行かなかったのか尋ねたのだ。

「残念だったわね。でも心配ないわ。日曜にドクターをチェルトナムまで車で送っていくとき、あなたを乗せていってあげるから。ただ、私たちは村へは戻らないのよ。あなた、帰ってこられるかしら？ チェルトナムからストラトフォード・オン・エーボン行きのバスがあるから、それでブロードウェイまで行って……」彼女は顔をしかめた。「遠回りだけれど、そこからストウオンザウォルドに来る夕方のバスがあるはずよ」

メリー・ジェーンはあまり深く考えずに言った。「ありがとう。ぜひ連れていってください。きっと帰りはバスに乗れるでしょう。郵便局の時刻表で調べておきます」

バスで帰ってくるのはかなり遠回りになるうえ、チェルトナムでバスに乗れるかどうかが問題だった。病院からバス乗り場までは少し距離があるから、しっかり時間に注意しなくてはならない。だが、メリー・ジェーンはそれでも行くと決めた。彼女はミス・メイベルに日曜の午後見舞いに行くとはがきを書き、気が変わらないうちに投函した。ディダムズを引き取りに来たミス・エミリーの話は尽きなかった。師長の話では、経過は順調で、明日はベッドを出られるという。

「医学が進んだのね」ミス・エミリーは頭を振りながら言った。「私の若いころだったら、何週間も寝ていなければならなかったでしょうに。手術してくれた、あのすてきななんとかいう先生が、様子を見に来てくれて、手術は大成功、メイベルはぐっとよくなるって言ってたわ。感じのいい先生よね」

メリー・ジェーンはミス・エミリーにお茶をいれてあげた。

それから週末までずっと忙しかったので、メリー・ジェーンは日曜の帰りの交通費ははずんでもいいという気になっていた。最悪の場合にはタクシーに乗ってもいい。新しい冬のブーツはあきらめることになるだろうが……。

日曜は車の客が立ち寄ることも多いので、いつもは何時間か店を開けるのだが、今日は昼食のあと鍵をかけ、ブリンブルが家の中にいるのを確かめてから、村の中を通ってドクター・フェロウズの家へ行った。

ミス・メイベルは見舞いを喜んでくれた。まるで、手術で命拾いしたかのように、メリー・ジェーンに治療の一部始終を話すと言って聞かない。話がベッドを出た瞬間の重要な場面に差しかかった時、病棟にかすかな気配がした。サー・トマス・ラティマーが病室に近づいてくる。彼は通りすぎそうになってから、ミス・メイベルのベッドで立ち止まった。

サー・トマスは週二度の回診をした時、ミス・メイベルのロッカーにのっていたメリー・ジェーンのはがきに目を留めた。そしてなぜかよくわからないが、日曜の午後は病棟にいようと決めたのだ。彼は、前日に緊急の手術をしたのだから、患者の容体を見に立ち寄るのは当然ではないか、と自分に説明した。

彼はさりげなく挨拶した。

メリー・ジェーンの丁重な返事は、ミス・メイベルの声にかき消された。「うれしいと思いません？　メリー・ジェーンがお見舞いに来てくれたんですよ。ドクター・フェロウズの車に乗せてもらってね。でも、帰りはバスなんですよ。日曜だからうまく乗り継ぎができるか心配だけれど。でも、すっかり計画ができているんですって」彼女はよそ見していたメリー・ジェーンに笑顔を向けた。「ここの治療がどんなにすばらしいか話していたんですよ。友達にも勧めないとね」

メリー・ジェーンはサー・トマスの顔を見ないようにしていた。

彼は数分いただけで、二人に気安く礼儀正しい挨拶をして去った。メリー・ジェーンは腰を落ち着け、ミス・メイベルの話の続きを聞いていたが、しばらくして時計を見ると、バスの出る時間が迫っていた。だが、帰るのは大変だった。ミス・メイベルが姉に伝えてほしいことを次々に思いついたからだ。メリー・ジェーンは病院を全速力で出て、玄関で方角を確かめようと立ち止まった。バス乗り場がどこかよくわからない。ロールスロイスが静かに近づいて止まり、ドアが開いた。

「乗りなさい」サー・トマスが言った。「きみの村を通るから」

「私はバスに乗ります」

「無理だろうな。日曜はいつもより三十分早く出るそうだ。守衛にきいたんだ。彼の言葉に間違いはない」それから優しくつけ加えた。「乗りなさい、ミス・シーモア。うろうろしていて訴えられないうちに」

「でも、私は……」メリー・ジェーンはそう言いかけてから、彼の目を見た。「いいわ。ありがとう」どこか失礼な口調になった。

メリー・ジェーンがシートベルトを締め、座席にゆったりと寄りかかると、彼は一言も言わずに車を出した。しばらくの間は黙っていたが、やがてミス・メイベルは間もなく退院するだろうと言った。メリー・ジェーンが適当に返事をし、また沈黙が流れた。彼女は何を話せばいいのかわからなかった。だが、村の近くになると、なんとか口を開いた。

「この近くにお住まいなんですか？」

「いや、ロンドンだ。仕事場の近くがいいのでね」

「じゃ、なぜこちらへ？」

「必要に応じていろいろな病院に行っているんだ」

まるで要領を得ない返事だった。メリー・ジェーンが黙っているうちに、車は喫茶店の前で止まった。

メリー・ジェーンがドアを開けようとすると、サー・トマスが降りてきて開けてくれた。彼は古風な鍵を受け取ってコテージのドアも開けた。

もう夕暮れだった。彼はスイッチを見つけて電気をつけてから、メリー・ジェーンを中に入れた。

「どうもありがとう」メリー・ジェーンは礼を言って、飛び出してきたブリンブルを抱き上げた。

サー・トマスは急ぐ様子もなく、半開きのドアに寄りかかっている。「きみの猫かい？」

「ええ、ブリンブルっていいます。友達なんです」

「一人で暮らしているの？」

「ええ」メリー・ジェーンは彼を見上げた。「帰ったほうがいいんじゃないかしら。ロンドンまでは遠いんですもの」

サー・トマスはおとなしく従った。これまで女性に帰れと言われたことはなかった。反対に、いつもいてほしいとせがまれる。彼はうぬぼれの強い男性ではないが、今は好奇心をそそられていた。彼女にまた会いたいと思い、日曜に来るとわかったので、わざわざ病院へ行き、もっと彼女を知りたいと思った。だが、車に乗せたのはあまり役に立たなかった。彼は如才なく、感情を見せずに別れの挨拶をした。もう会うことはないだろう。サー・トマスは彼女のことを頭から追い出し、ロンドンへ車を走らせた。

2

九月も終わりに近く、気候の変わりめだった。コーヒーやお茶を飲みに立ち寄る車の客は少なくなったが、メリー・ジェーンは村人たちを相手に地道に商売を続け、なんとか赤字を出さずにいた。

ミス・メイベルの帰宅はあまり変化のない村には大事件だった。ポター姉妹の家にはミス・ケンブルとミセス・ストークが訪れ、しばらくするとドクター・フェロウズがやってきて、巧みに二人を追い帰し、ポター姉妹が静かに落ち着けるようにした。メリー・ジェーンはそっと退院祝いのティーケーキを届けたが、ミス・メイベルが体験談を繰り返す間、引き止められた。

「毎日歩く必要があるの。でも、静かに暮らさなければならないんですって」彼女は誇らしげに言って笑い、ミス・エミリーも一緒に笑った。「私たちにほかの暮らし方があるかしら?」

朝の冷え込みが厳しくなり、日暮れが早くなった。村は、ミス・メイベルの話で大騒ぎしたあとは落ち着いた。メリー・ジェーンが焼くスコーンは少なくなり、客がまれな日もあって、開店していても仕方ないと思うような日も多くなってきた。

売り上げの少ない月曜日、店を閉めようとしていると、ドアが勢いよく開いて、男性が入ってきた。テーブルをふいていたメリー・ジェーンは、期待して顔を上げたが、相手を見ると、あいまいに言った。「こんばんは、オリバー」

オリバーはマシュー伯父の息子でメリー・ジェーンのいとこだった。

メリー・ジェーンは彼を子供のころから知っているが、虫が好かなかった。彼のほうもメリー・ジェーンをきらっている。伯父が亡くなった時は軽くあしらわれ、彼女は一刻も早く家を出たいと思った。オリバーだけではなく彼の妻も冷たい女性で、メリー・ジェーンをきらっているのだ。メリー・ジェーンはふきんを持ったまま、彼が話し出すのを待った。

「だいぶ景気が悪そうだね？」

「この時期は暇なのよ。でも、どうにか暮らしていけてるわ」

メリー・ジェーンは、彼が親しそうな態度をとるので驚いたが、すぐ謎は解けた。

「頼みがある」彼は言った。「マーガレットが背中の診察でロンドンの専門医のところへ行くことになっている。ぼくは仕事でアメリカに行くので、車で送って付き添う人が必要なんだよ」彼は目を合わせようともしない。「頼まれてくれるかい？　ほら、血は水より濃いっていうだろう」彼は笑った。

「それは知らなかったわ」メリー・ジェーンは冷たく言った。「マーガレットには家族がいるんでしょう？　だれか一緒に行ける人がいるはずよ」

「そりゃ、きいて回ったよ」オリバーは快活に言った。「でも、みんな忙しくて時間がとれないいんだ」

「私ならいいわけ？」

「そう、この時期はそうもうかりゃしない。きみは金はいっさい払わなくていいんだ。マーガレットは一泊しなくてはいけないが――検査があるからね。あの背中じゃ運転できないし、とてもいら立っている。何しろ痛むんだ」

メリー・ジェーンは優しい心の持ち主だ。意思とは裏腹に、しぶしぶマーガレットに付き添うことに同意した。プリンブルを二日間置いていくことになるが、隣のミセス・アダムズが様子を見てくれるだろう。喫茶店も閉めることになる。オリバーは、今は客が少ないと軽く言うが、たとえわずかでも、二日間の収入を棒に振ることになるのだ。

オリバーは望みを果たすと長居しなかった。「来週の火曜だ。ぼくがここまで車でマーガレットを送ってきて、かわってもらう。ぼくは午後出発する」

彼は感謝しているにしても、表に出さなかった。メリー・ジェーンは車に乗り込むいとこを見守り、後ろ姿にしかめ面をしてみせた。

オリバーは火曜の朝にまた来た。メリー・ジェーンは一泊用のかばんに荷物を入れ、流行遅れのツイードのスーツを着て、ブリンブルを親切なミセス・アダムズに預けておいた。

彼はおはようとも言わない。うなずいただけで十分だと思っているらしい。「マーガレットは車にいる。運転に注意するんだぞ。ガソリンを入れないといけないな。帰りの分までは入っていないから」

メリー・ジェーンは平静な顔を向けた。「マーガレットが払ってくれるんでしょうね。私はお金を持っていないのよ」

「わずかなガソリン代じゃないか」

「では、どうぞご自由に。ジムの修理工場でマーガレットを送ってくれる人を探すわ。費用はキロ数計算で、ガソリン代は別でしょうけど」

オリバーは恐ろしいほど顔を紅潮させた。「ぼくたちがいとこだとは、だれも思わないだろうよ」

「そうでしょうね。私だっていつも忘れているわ」メリー・ジェーンは笑顔で応じた。「今行ったらジムがつかまるわ。もう開店しているはずですもの」

オリバーは脅すような顔でにらんだが、いっこうに効きめがないのを見て、財布を取り出した。

「使った費用はきちんと報告してもらう」彼は不機嫌に言って、何枚かの紙幣を渡した。

「さあ、来るんだ。マーガレットは今から神経質になっている」

マーガレットは背が高く、本人の言葉によれば、優雅にやせていた。顔立ちは整っているが、いつも口をへの字に曲げ、しかめ面をしている。それに、話し方が愚痴っぽい。彼女は二人の顔を見るなりうめいた。「なぜ遅いの？　こんなに待たせるなんて、私がどんなに具合が悪いかわからないのね？」

メリー・ジェーンは車に乗り、後ろを振り向いて言った。「おはよう、マーガレット。出かける前にはっきりさせたいの。私はお金を持っていないってことよ。たぶんもうオリバーから聞いてるわね？」

マーガレットは少し驚いた顔をした。「仕方ないわね。私が二人分のお金を出すわ」彼女は皮肉っぽくつけ加えた。「楽しめていいこと。二日間町にいて、費用をまるで出さないなんてね」

メリー・ジェーンは聞き流して車を発進させた。

オリバーが予約したホテルはウィグモア通りに近く、マーガレットが診察を受ける診療所へ歩いていける。彼もいろいろ考えているんだわ。メリー・ジェーンはそう思いながら、疲れたというマーガレットにかわってかばんの中身を出した。ホテルは並みのクラスで、静かだが、何もすることがない。五十歳以下の客もいなかった。メリー・ジェーンの部屋はマーガレットの上の階で、ホテル仕様の家具が置かれている。窓からはのっぺりした壁が見えた。彼女は自分の荷物を整理してから、マーガレットのおともをして昼食をとりに行った。

食堂はビクトリア朝風だった。照明はほの暗く、テーブルに銀の食器とたくさんのワイングラスが並んでいる。それを見て、メリー・ジェーンは元気が出た。朝食が簡単だったので、おなかがすいていたのだ。こったテーブルセッティングはいい食事を保証する。だが、残念ながら今回は例外だった。二人は水を飲み、運ばれてきたランチは手がこんでいたが、空腹を満たしてはくれなかった。二人は水を飲み、メリー・ジェーンは挑むようにロールパンを二つ平らげた。

「わからないわ」マーガレットは肉をつつきながら言った。「オリバーがここを予約した理由よ。観劇とか買い物でロンドンへ来る時は、いつも最高級のホテルを使っているのに」彼女は少し考えた。「きっと、あなたが一緒に来るから、ここでいいと思ったんだわ」

メリー・ジェーンの目は紫色に光った。「彼もよく考えたこと。でも、あなたはこのホテルに泊まることはないわ。どこか別のところを取ればいいのよ。ここのお勘定を払ってくれさえすれば、私は今日の午後車で帰って、明日ジムの修理工場のだれかを迎えによこすわ」

「よくそんなことが言えるわね。オリバーはぜったいあなたを許さないわよ」

「そうでしょうね。それに、あなたがお金をむだ遣いすることも許さないと思うわ。ここもそう悪くはないんじゃない？　明日は家に帰るんですもの」

「オリバーは少なくとも一週間は戻ってこないの。彼が帰ってくるまで、私のうちに来てくれない？　世話をしてほしいのよ。この検査の結果が心配だし、私、一人ぼっちなの」

「家政婦がいるんでしょう？　それに通いのメイドが二人と庭師もね」メリー・ジェーンは腕時計をちらと見た。「もう支度をしなきゃ」

「検査を受けることを考えただけで、具合が悪くなるわ」マーガレットはウィグモア通りを歩きながら言った。

　通りは昼過ぎの太陽を浴びて、おごそかに静まり返っている。同じような家が並ぶ中に煉瓦(れんが)の高い建物がある。目指す専門医の診療所はその中にあった。メリー・ジェーンが呼び鈴を鳴らし、二人は狭い玄関に案内された。

「二階です」玄関番はそう言って、エレベーターの場所を教えると、小部屋へ戻った。

　二階に上がったところはひっそりしていて、両側と奥にドアがある。「ベルを鳴らしてちょうだい」マーガレットは左側のドアを指した。

　ベルを鳴らそうとした時、メリー・ジェーンは気づいた。ベルの上の小さな名札にサー・トマス・ラティマーと書いてあるのだ！　メリー・ジェーンは彼とまた会えるかと思って、ちょっとどきどきした。彼を少しも好きなわけではないわ、と自分に言い聞かせていると、ドアが開いた。マーガレットがさっと中に入り、恩着せがましい態度で来たことを告げたが、看護師は動じる様子もない。

予約の時間には少し間があった。看護師は椅子を勧め、しばらく丁重な会話を交わしてから、部屋の隅のデスクにいる受付係と話をしに行った。

「待つとは思わなかったわ」マーガレットは不満をもらした。「遠くから来たうえ、とても痛むのに」

看護師が戻ってきた。「サー・トマスには大勢患者さんがいて、時間がかかる人もいるんですよ」

五分後、ドアが開いて、老婦人が杖(つえ)をつきながら出てきた。サー・トマスが付き添っている。彼は女性の手を握ってから看護師にまかせ、診察室に戻ってドアを閉めた。私に気がつかなかったんだわ。メリー・ジェーンは考えた。

だが、そうではなかった。彼はカルテのホルダーをデスクに置くと、窓から外を眺めた。彼女を見てうれしかったのが、自分でも意外だった。デスクに戻って、ホルダーを開く。診察するミセス・シーモアは義姉か何かだろうか。

彼は腰を下ろすと、インターホンでミセス・シーモアを案内するよう、看護師に頼んだ。

患者にはどこも悪いところが見つからなかった。泣き出しそうな声であれこれ症状を訴えるのだが、原因はわからない。医師は、患者を上の階のレントゲン室へ行かせ、彼女が戻ってきて訴えを繰り返すのを根気よく聞いた。

「明日レントゲンの結果を聞きに来られれば、安心なさると思いますよ」彼は言った。「どこも悪いところは見つかりませんが、それは明日お話ししましょう。十時でいいですね？」

「あの先生はよくないわね」帰る道すがら、マーガレットは言った。「ほかの専門医を探すわ」

「せめて明日のレントゲンの結果を待ったら？」メリー・ジェーンは言った。「部屋で休んで、食事のあと早く寝たらどう？」

それでもまず、ホテルのロビーでお茶にした。意外にボリュームがあったので、メリー・ジェーンは満足した。マーガレットも痛みがあるにしては、たくさんのサンドイッチとクリームケーキを食べた。メリー・ジェーンは一人になると、最後のお茶をつぎ、サー・トマスのことを考えた。メリー・ジェーンはサー・トマスが彼女に気づくことは期待していなかった。彼は戸口に出てきた時ちらと見ただけだし、マーガレットを見送った時は、メリー・ジェーンのほうを見なかった。それでも、仕事場で彼を見るのは興味深かった。事務的で、いかにも医者らしい。彼が、喫茶店に無理に入り込み、友達のお茶を要求したのと同じ人とは思えなかった。なぜかため息が出て、メリー・ジェーンは雑誌を読み始めた。私には二度見る値打ちもないのね……。

マーガレットを朝の十時に連れていくのは一苦労だった。なんとか診療所まで行くと、看護師から、サー・トマスは緊急手術で早朝から出かけたけれど、急いで戻るから待っていてほしいと告げられた。

「本当にいやになるわね」マーガレットはぶつぶつ言った。

「緊急だったんですよ、ミセス・シーモア」看護師は穏やかに言い、コーヒーを取りに行った。

メリー・ジェーンはマーガレットの腹立たしげな泣き言を聞き流していた。好ききらいはとにかく、サー・トマスが気の毒だった。夜中に起こされ、仮眠する暇もなく、マーガレットのような患者を診なくてはならないなんて。疲れていないといいけれど。

やがて戻ってきた彼は、まるで一晩ぐっすり眠り、身支度に時間をかけ、たっぷり朝食をとった人のように見えた。ただ、マーガレットに挨拶しているところを盗み見て、メリー・ジェーンは彼の目の下に隈ができているのがわかった。彼はメリー・ジェーンに言葉をかけようとして、じっと見られていることに気づいた。彼女はちょっと赤くなった。サー・トマスは、彼女の頬がきれいなピンクに染まるのを見てほほえんだ。あまりに優しくて親しみのある笑顔だったのでメリー・ジェーンは驚いた。

「手術は成功だったんですか？」そう尋ねて、メリー・ジェーンはますます顔を赤くした。関係ないのに、きかなければよかった。

「おかげでうまくいったよ。今日は幸先がいい」うんざりした口調ではなかったので、メリー・ジェーンはほっとした。

看護師がマーガレットを連れていった。メリー・ジェーンは腰を下ろし、置いてある雑誌を眺めた。やがてドアが開いて、サー・トマスがマーガレットを待合室に連れてきた。マーガレットがひどく不機嫌なのに、彼はびくともしていない。彼はメリー・ジェーンを見ずに、マーガレットがいやいや出した手を握り、冷静に礼儀正しく別れの挨拶をして診察室に戻っていった。

マーガレットは看護師がさよならと言うのに耳も貸さず、通りに飛び出した。「やっぱりあの先生はよくないわ。どうかしているのよ。私はどこも悪くないんですって」彼女は意地悪く笑った。「もっと運動しろって言うのよ。なるべく毎日、それも一時間も歩いて、ベッドを整え、庭仕事をして、動き回れですって。私はずっと背中が痛くて、激しいことができないのよ。それで、いつも寝椅子で過ごしているのに」

「そのせいで背中が痛いのかもしれないわ」メリー・ジェーンはそっけなく言った。

「ばかなことを言わないで。家に帰ったら、ドクター・フェロウズにサー・トマスのことを話すわ」

「あの先生の言うことはたしかだと思うわ」メリー・ジェーンは思わず言った。「それでなきゃ開業なんかしないでしょう?」

「いったいあなたに何がわかるの?」マーガレットは乱暴に言った。もうホテルだった。

「荷物を取って、車を回してもらってちょうだい。すぐ帰るわ」

家に着いた時、マーガレットは中に入るよう勧めてくれなかった。だが、メリー・ジェーンは最初から期待はしていなかった。

「車をガレージに入れておいてね」マーガレットはありがとうとも言わずに命じた。「オリバーが帰ってきたら入れてくれるわ。外に駐車するのが気になるのなら、自分でしたらいいのよ。私は帰るわ」メリー・ジェーンはいたずらっぽくつけ加えた。「毎日一時間の散歩を忘れないでね」

「ちょっと待って。どうしてそんなに残酷なの？　私を置き去りにするなんて」

メリー・ジェーンは肩ごしに叫んだ。「もう家に戻ってきたじゃないの。それに、サー・トマスはどこも悪くないって言ったんでしょう？」

「もうあなたとは二度と口をきかないわ！」

「まあ、よかった」

メリー・ジェーンはさっさと門から出た。まだ日が高いから、店を開けよう。通りかかる車の客がお茶やスコーンを求めて立ち寄るかもしれない。

ドアを開けると、ブリンブルが待っていた。抱きかかえて窓を開け、〈営業中〉の札を出してから、やかんを火にかける。

メリー・ジェーンは昼食をとり、客に備えて支度をした。

うれしいことに、間もなく客が入ってきた。ハイキングの二人連れに、おんぼろ車の家族、それに一組の夫婦だ。その日、メリー・ジェーンはすっかり満足して店を閉め、夕食をすませると、サー・トマスのことを考えながら、ティーケーキを焼いた。

十月も終わりに近い肌寒い夕方、客が来そうにないのでメリー・ジェーンが店を閉めようとしていると、サー・トマスが入ってきた。メリー・ジェーンは戸口に背を向け、店の奥の棚を片づけていたので、外でロールスロイスが静かに止まったことに気づかなかった。

「お茶には遅すぎるかな?」そう尋ねられて、メリー・ジェーンは皿を持ったまま、ぱっと振り向いた。

「いいえ……ええ。今閉めようとしたところです」

「ああ、よかった」彼は札を裏返した。「これで邪魔されずに、静かに話すことができる」

「話っていったい何かしら? まさかミス・メイベルに何かあったんじゃないでしょうね?」

「彼女は順調に回復している」

「ではマーガレット――ミセス・シーモアかしら」

「ああ、きみが付き添っていた女性か。ぼくの知るかぎり、普通の生活をしている。当たり前さ。悪いところはないんだから。きみの話をしに来たんだ」

「私ですって? なぜですか?」

「やかんを火にかけてくれたら、話そう」

サー・トマスは小さなテーブルの前に座り、皿の上のスコーンを一つつまんだ。お茶が出るまで彼が動きそうもないのを見て、メリー・ジェーンは持っていた皿を置き、お湯をわかしに行った。

お茶のポットを持ってテーブルに戻ると、スコーンがなくなっていたので、別の皿を差し出した。

「私にお話があるんですか？」彼女はうながすように言った。

サー・トマスがカップを持って籐椅子にもたれかかると、椅子はきしんだ音をたてた。

「そうだ」

その時、ドアを強くノックする音がして、サー・トマスは言葉を切った。ノックが繰り返され、彼は立って鍵を開けた。入ってきた女性は彼にあでやかな笑顔を向けた。

「こんにちは、メリー・ジェーン。チェルトナムに行く途中に立ち寄ってみたの」彼女はメリー・ジェーンの頬に軽くキスをして、サー・トマスを眺めた。「お邪魔だったかしら？」

「いいえ」メリー・ジェーンの声は必要以上に大きかった。「こちらはサー・トマス・ラティマー、整形外科のお医者さんよ。マーガレットや村の人も診てもらったの」彼女は戸口に立っているサー・トマスのほうを向いた。「姉のフェリシティです」

フェリシティはとてもきれいだった。彼女は最新流行の服が、なぜかいつもぴったり似合った。髪を染め、化粧も上手で、黒い瞳や卵形の整った顔立ちを最大限に生かしている。フェリシティがサー・トマスにほほえみかけると、彼も微笑を浮かべて握手し、しばらく手を離さなかった。それから親しげに陽気なことを言ってフェリシティを笑わせた。

彼が夢中になるのも無理ないわ。フェリシティは華やかなファッション界に入ってからずっと、意のままになる男性に囲まれている。サー・トマスを非難することはできない。フェリシティは本当にすてきなのだから。

「彼女は売れっ子のモデルなの」

「そうとしか考えられないね」サー・トマスはまじめに感想を述べた。「きみはここに泊まるの？」

「とんでもない。寝室が一つしかないもの。妹は明け方に起きて料理をするの。そうでしょう？」彼女はまわりを見回した。「まだ暮らせているのね。よかったわ。私はチェルトナムのクイーンズに予約してあるの。そこで明日ファッションショーがあるのよ」彼女はサー・トマスに笑顔を向けた。「あなたもいらっしゃらない？　お食事でもいかがかしら」

「それはうれしいな」

どうかしてるわ。メリー・ジェーンは腹立たしかった。これまで何度もフェリシティが男性の気を引くのを見てきたが、大して気にならなかった。でも今度はなぜか気になる。

フェリシティは大きなため息をついた。「ほんとに一緒にお食事ができるの？　私、チェルトナムに知人がいないのよ」

「実はぼくはロンドンに帰る途中なんだ。そのあとオランダのセミナーに出る予定でね」

フェリシティは少しとげのある声で言った。「忙しいかたね。成功した専門医で、何百万もかせいでいるってところかしら？」

「ああ、忙しいのはたしかだ」彼は魅力たっぷりにほほえんだ。

フェリシティはメリー・ジェーンのほうを見てさよならと言った。「たぶん帰りがけに寄るわ」

サー・トマスはドアを開け、フェリシティを車まで送っていった。彼女の笑い声が聞こえたあと、車は走り去った。メリー・ジェーンはお茶のトレーを片づけ始めた。明日のためにスコーンを焼かなくてはならない。

「まだお茶がすんでいなかった」サー・トマスは戻ってくると穏やかに言って、尋ねるように眉を上げた。

もうお茶はあげないわ。メリー・ジェーンはそう思ったが、丁重に言った。「私は明日の準備をしなければならないんです。あなたはロンドンに帰るんでしょう？」

サー・トマスは面白そうにきらっと目を光らせた。「では邪魔はやめよう」彼は椅子の背にかけたコートを取った。「きれいなお姉さんがいるんだね」

「今度会った時に聞きます。もう会うことはないと思うけど」メリー・ジェーンは辛辣に言った。

「大した話じゃないんでしょう」

「きみと話せなかったな」

メリー・ジェーンはその言葉にますます腹を立てた。

「ああ、ちっとも」

「ええ、ぜんぜん似てないでしょう？」

「きみはいろんなことを誤解しているよ」彼はそう言ってドアを開けた。「おやすみ」

メリー・ジェーンはドアを閉め、鍵をかけて台所に戻った。彼が立ち去るのを見たくなかったのだ。

彼女は大きな音をたてながらカップや受け皿を洗い、ブリンブルにえさをやり、のし板とめん棒とスコーンの材料を出した。うわの空で作業をし、乱暴に粉をこねる。それでもオーブンから出したスコーンはみごとにふくらみ、黄金色に焼け上がった。

フェリシティは今度いつ来るとは言わなかった。いつも自分の都合がいい時に立ち寄るのだ。幼いころはメリー・ジェーンに愛情を持って接してくれたが、しだいにあまり関心を持とうとしなくなった。メリー・ジェーンが伯父と伯母の家に残ったのは自然ななりゆきだった。二人が亡くなり、コテージを引き継いだ時でさえ、フェリシティはいっさい手を貸してくれなかった。すでにそのころかなりかせいでいたのだが、妹の生活を楽にしようとは考えなかったし、メリー・ジェーンも期待しなかった。フェリシティは人生に成功して、華やかな生活を送り、旅行をしたり、仕事をえり好みしたりしている。そういう事実をメリー・ジェーンは認めていた。姉が成功したことはうれしいが、それにあやかりたいとは思わないし、もちろん羨ましさも感じない。平凡な顔立ちと目立たない性格では、ファッション界などで成功するはずがないことは、常識ですぐわかる。

メリー・ジェーンは姉のような生活を望むこともなく、もう少しお金があればいいとは思いながらも、喫茶店とブリンブルと村の友達で満足していた。

翌日、ポター姉妹がお茶にやってきた。

ミス・メイベルは杖をついてはいるが、まるで別人のようだった。昨日チェルトナムへ行き、あのすてきなサー・トマスにもう診察を受けに来なくていいと言われたという。あとは数カ月に一度、ドクター・フェロウズに検査してもらえばいいのだそうだ。

「先生は会議か何かで出かけるそうよ」彼女は説明した。「でも帰ってきたら、オックスフォードのラドクリフ診療所に行くんですって。ぜひにって望まれてね」ミス・メイベルは満足そうに言った。

もちろん村人は、彼が喫茶店に立ち寄ったことを知っているが、相手がメリー・ジェーンだから、彼がロンドンへ帰る途中お茶を飲みに寄ったという説明はすんなりと受け入れてくれた。フェリシティが来たことも知れ渡っていて、こちらのほうが村人の興味を引いた。歯医者や医者の待合室で雑誌を見る人たちは、彼女の名声をよく知っている。

数日たった日の午前中、フェリシティが喫茶店に入ってきて、居合わせた客は驚き、喜んだ。彼女は赤いスウェードの服に黒革のブーツをはき、金のアクセサリーをたくさんつけていた。村人たちの見たこともない服装だった。

強烈な印象を与えているのを意識して、フェリシティはみんなに笑みを振りまいた。

「こんにちは、メリー・ジェーン」彼女は興奮を巻き起こしたのに満足しながら、にっこりとした。「コーヒーをいれてくれる？　今、町へ帰るところなの」

やがて客は立ち去り、姉妹二人になった。メリー・ジェーンがカップを集め、テーブルを片づけていると、フェリシティは少しいら立たしげに言った。

「ねえ、ちょっと座ってよ。洗うのはあとにして」

メリー・ジェーンは自分のコーヒーカップを運んできて、フェリシティに二杯めをつぎ、腰を下ろした。「ショーはうまくいったの？」

「すばらしかったわ。来週は仕事でバハマ諸島へ行くの。戻ってきたら、パリのショーの時期になるわ。もうすっかり生活が……」

「生活を変えてみたいと思う？」

フェリシティは驚いた顔をした。「変えるですって？　私の収入がどのくらいかわかってるの？」

「さあ、わからないわ」メリー・ジェーンはたんたんと言った。「でもきっとかなりの額ね」

「そうよ。お金は好きだし、お金を使うのも好きよ。私は一、二年のうちにお金持の男性を見つけて、落ち着くつもりなの。いい人がいたら、もっと早くなるかもしれないわ」フェリシティはテーブルごしにほほえんだ。「たとえば先週ここで会った男性みたいな人がいいわね。彼はロールスロイスを運転してるし、とてもすてきで、私の好みよ。あなたがどうして彼と出会ったのか不思議だわ」

「彼が村の友人の手術をした時、病院で会ったの。そのあと、ロンドンへ帰る途中、お茶を飲みに立ち寄っただけよ。骨の専門医という以外、何も知らないわ」

「まあ、信じられない」フェリシティは美しい鼻にしわを寄せた。「彼、結婚しているの?」

「さあ。でも結婚していそうな気がするわ」

「ロンドンと言ったわね。調べなきゃ。なんていう名前なの?」

メリー・ジェーンは気が進まないままに教えた。フェリシティが彼に興味を示すのを気にする理由は何もないのだ。二人はお似合いだし、彼なら、姉にぜいたくな暮らしをさせてくれるかもしれない。

「外国に行くっていう話よ。たしかオランダだと思うわ」メリー・ジェーンはきかれもしないのに教えた。

「よかった。その間に調べられるわ。家か仕事場がわかれば、偶然を装ってまた会えるわね」

メリー・ジェーンは、彼と一緒にここへ来た女性のことを考えたが、姉には言わないでおいた。

フェリシティは長くはいなかった。「ちゃんとやっているの?」彼女は無造作に尋ねた。

「あなたはいつでも静かな暮らしが好きだったわね」

きれいな服を着てダンスに行ったり、若い男性に囲まれてみたいわ——そう告白したら、フェリシティはなんと言うだろう? メリー・ジェーンはそう考えたが、姉の言葉に静かに同意した。

3

十月もいつか終わりに近づき、雨がちで寒い日が続くと、客足はまばらになった。繁盛している喫茶店なら、冬は店を閉め、オーナーは夏の間のかせぎでバルバドスやカリフォルニアに出かけるのだが、メリー・ジェーンにはそんな余裕はない。それに、喫茶店の上に住んでいるから、店を開けて少しでも客を入れたほうがいいのだ。

その日は月曜で、しかも大雨だったので、ドアのベルが鳴った時はうれしかった。だが、メリー・ジェーンが期待した客ではなかった。ドアのところに立っていたのはオリバーだった。

顔を見るのはあまり気が進まなかったが、メリー・ジェーンは明るい声でおはようと挨拶した。

「アメリカから帰ったところだ」オリバーはもったいぶって言った。「マーガレットの話では、きみはひどく不親切だったそうじゃないか。せめて彼女と一緒にいて、快適なように気配りしてほしかった」

「でも、病気じゃないのよ。サー・トマス・ラティマーがそう言ってたわ。もっと運動をしないといけないんですって。ごろごろせずにね」

オリバーは目をむいた。「薄情なんだね、メリー・ジェーン。頼み事をする前に、よく考えないといけないな」

「時間のむだよ」メリー・ジェーンはそっけなく言った。「もしマーガレットが気分が悪いと始終言い張ってるのなら、手伝いの人を見つければいいわ。私は自分で生活費をかせがなきゃならないのよ」

オリバーは視線をそらした。「実は、ぼくは近いうちにまた出かけなくてはならないんだが……」

「じゃマーガレットに付き添ってくれる人を手配すればいいわ。ここに来ても仕方ないでしょう」

「きみには感謝の気持がないんだな」

メリー・ジェーンは彼の前に立った。「どういうこと？　私が何に感謝してないというの？」

オリバーは目をそらしたままだ。「さあね」

「それなら帰ってよ、オリバー。めん棒で頭をたたかれないうちにね」

「ばかなことを言うな」彼は大きな声を出したが、それでも少しずつドアのほうへ移っていった。

ドアが開いて、大柄なサー・トマスが入ってきた。趣味のいいグレーのスーツに雨のしずくが散っている。彼は何も言わずに立ったまま、いぶかしげに少し眉を上げ、かすかにほほえんだ。

メリー・ジェーンは彼を見て赤くなった。彼に会えたのがうれしかったのだ。オリバーは驚いてサー・トマスをちらと見たあとは、彼を無視した。

「これで終わったんじゃないぞ、身内なんだから」

サー・トマスはひどく優しい声を出した。「あなたはミセス・シーモアのご主人ですね？」

オリバーは目を丸くした。「ああ、そうだが」彼は息を吸って言葉を探していたが、サー・トマスに先を越された。

「お会いできて光栄です」彼は内心を偽って愛想よく言った。「この機会に、奥さんはどこも悪くないことをお話ししておきますよ。必要なのは暮らし方を変えることです。もっと活動的にね」

オリバーは視線をサー・トマスからメリー・ジェーンに移したが、彼女は壁の棚に並んだガラス瓶を眺めている。「その話はここには場違いだ」

「ミス・シーモアは奥さんに付き添っていたから、もちろん今の話は知っていますよ。あなたにもお話ししたほうが安心なさるだろうと思ったんです。近々主治医のほうから報告が届くはずですよ」

サー・トマスがうながすようにドアを開けると、強い雨が吹き込んできた。オリバーは挨拶もそこそこに足早に出ていった。

サー・トマスが袖の雨粒を払うのを見て、メリー・ジェーンは言った。「ぬれてしまいましたね」

「車で前を通りかかったら、きみが男性に……いとこだったんだね、話しているのが見えた。今にもなぐりそうな気配だったから、その……味方したほうがいいんじゃないかと思ってね」

「めん棒で脅していたんです」メリー・ジェーンは満足そうに言った。

「立派だ。便利な武器なんだね。いつも使っているのかい?」彼はまじめな顔でつけ加えた。「武器として」

「あら、とんでもない。彼が私を困らせていたからです。コーヒーはいかがかしら?」

「そう言ってくれるのを待っていたよ。スコーンもあるかい?」

テーブルにスコーンの皿とバターが出ると、彼はそれにかじりついた。

「おなかがすいているんですか?」

「ああ、ひどくね。ラドクリフに一晩中いて……」

メリー・ジェーンは二人分のコーヒーをいれ、彼の向かい側に腰を下ろした。「でも家に帰るには方向が違うわ」

「そうなんだ。一日休もうかと思ってね。今晩六時には診療所に出るんだが、それまできみと一緒に過ごしたら楽しいだろうなって思いついた。ランチを食べるか、郊外をドライブするのはどうだい？」

「睡眠をとったほうがいいんじゃないですか？」

「もしゆで卵かベーコンエッグでも少し食べさせてもらえたら、十分ほど居眠りをするよ。その間にきみは仕事を片づけたらいい」

「でも、店が……」

「一度くらいいいだろう？」彼は寂しそうな顔をしてみせたが、メリー・ジェーンはそれが本当とは思えなかった。

「ベーコンエッグでいいですね？」彼女は気が変わらないうちに言った。「三十分くらいかかりますけど」

「すばらしい。きみが料理するのを見に行こう」

彼はブリンブルを膝にのせ、台所のテーブルに腰をかけた。メリー・ジェーンはフライパンを出し、ベーコンを焼く間にパンを切り、コーヒーをいれた。

「卵は二つかしら？」メリー・ジェーンが顔を上げると、サー・トマスが彼女を見つめていた。何か考え込んでいる顔だ。

「ああ、それでいい。美人の姉さんはどこにいるんだい？」

メリー・ジェーンはその質問で、なぜかみじめな気分になったが、それを表に出すつもりはなかった。「バルバドスへ行っていたけれど、もう帰っていると思います。来週パリでショーがあるはずだから。住まいはロンドンです。住所を教えましょうか？」

「ああ、頼む。夕食をおごらなくてはいけないような気がしているんだ。覚えているかい？」

「ええ、もちろん」メリー・ジェーンはメモ用紙に住所と電話番号を書いて渡した。そして、彼の顔を見ずに、ベーコンエッグを皿に盛り、コーヒーポットを取ってきた。「あなたが食事をしている間に、着替えてきます」

彼女は二階で衣装戸棚の中をのぞいた。特別の機会用にとってあるジャージーのドレスを着よう。その上にマークス・アンド・スペンサーのレインコートをはおって……防水の帽子もあったはずだ。

階下に下りていくと、サー・トマスは椅子を危なっかしく壁にもたせかけ、足をテーブルにのせて眠っていた。皿は流しに片づけられている。

メリー・ジェーンは立ったままためらっていた。起こすのは気の毒だが、とても寝心地が悪そうだ。

「おいしかったよ」サー・トマスは目を閉じたまま言った。「生き返った気がする」彼は目を開けた。徹夜した人とは思えないくらい元気そうだ。

「本当に一晩中起きていらしたんですか?」メリー・ジェーンは尋ね、彼の視線が急に冷たくなったのに驚いた。

「ぼくは欠点だらけの男だが、嘘はつかない」

メリー・ジェーンはあわてて言い直した。「ごめんなさい。疑っているんじゃないんです。ただ、とてもきちんとして見えるから……」

「シャワーを浴びて、ひげをそって、清潔なシャツを着ただけだよ」彼は立ち上がった。

そして、メリー・ジェーンの全身を見回して言った。「今日の天気にぴったりの服装だね」

メリー・ジェーンは黙って彼の視線を受けながら、帽子がまるで似合わないのを感じた。

〈閉店しました〉に札を返し、ブリンブルをなだめてバスケットに入れ、戸締まりをすると、用意ができた。雨はまだ土砂降りだ。「ぬれてしまうわ。傘がありますから……」

彼は笑顔で喫茶店の鍵を閉めると、車にメリー・ジェーンを乗せ、自分も雨を払って乗り込んだ。「オックスフォードはどうかな?」

サー・トマスはそう尋ね、メリー・ジェーンが喜んでうなずくのを見てほほえんだ。

メリー・ジェーンは急に恥ずかしくなったが、彼がとりとめのない話を始めたのでほっとした。彼は人をくつろがせるのがうまく、おしゃべりを続けているうちに、オックスフォードに着いた。雨が小降りになったので、車を止めて、大学の中を散歩する。

「ここに通ったんですか?」メリー・ジェーンはトム・タワーを見上げながら尋ねた。

「トリニティ・カレッジにいたんだ」

「外科医の研修をする前ね」

「初めは内科に進み、それから整形外科に移ったんだよ」

メリー・ジェーンはタワーからサー・トマスへと視線を移した。「あなたってとても賢いのね」

「だれでも得意なものがある」彼はメリー・ジェーンの手を取ってボドレイ図書館へ連れていった。

「中に入ってもいいの?」

「読書室ならね」

彼はイーストゲート・ホテルのバーでコーヒーをごちそうしてくれた。学生が集まる陽気な場所だ。それから足早に川を案内して、また車に乗り込んだ。「ランチをとるのにちょっといい場所があるんだ」

グレート・ミルトンのレストランに着いた時、メリー・ジェーンは彼の言葉が控えめだったことがわかった。それはとびきり豪華な店で、ジャージーのドレスがみすぼらしく見える。だが心配している暇もなく、いつの間にかシェリーのグラスを手にしてバーに座っていた。サー・トマスは彼女の向かい側でくつろぎ、メニューを眺めていたが、やがてメリー・ジェーンをちらりと見た。

「ダブリン・ベイの海老はどうかな。それに若鶏のノルマンディ風にしようか」

メリー・ジェーンは賛成した。おなかがすいているからなんでもいい。

料理はおいしかった。サー・トマスはデザートにオレンジクリームのスフレを勧めてくれた。コーヒーを飲みながら、メリー・ジェーンは礼儀正しく言った。

「とても感じのいいお店ですね。こんなに豪華な食事は久しぶりです。ありがとうございました」彼と目が合って、メリー・ジェーンの頬が少し赤くなる。

「ぼくも楽しかったよ、メリー・ジェーン。一緒にいると心が休まる。きみは一度も髪を直したり、粉をはたいたり、口紅をつけ直したりしなかったからね。オックスフォードは楽しかったかい?」

「ええ、とても。あそこへ行ったのはずいぶん久しぶりです」メリー・ジェーンは父がよく自分たち姉妹を連れていってくれたことを思い出して黙り込んだ。サー・トマスは彼女を見守りながら、少しおかしいような、なんとなく気の毒な気持になった。とても独立心が強くて、自分で生活を支え、美しい姉とは少しも似ていない娘と、彼女の面白い小さな喫茶店のことを、家族や友達にぜひ話そう。そうしてお客が増えれば、彼女も少しは自分のためにお金を使えるようになる。まず新しい帽子が必要だ。レインハットは不細工と決まっているが、それにしても今日彼女がかぶっていたのはひどすぎる。

彼の思いは静かな声にさえぎられた。「夕方までにロンドンに戻るのなら、もう出たほうがいいんでしょう？　私は残念だけれど」メリー・ジェーンは子供っぽく言ってほほえんだ。すみれ色の瞳が楽しそうに輝いている。

「ぼくも残念だが、きみの言うこともたしかだ」彼は何気なくつぶやいたが、それが本心だったので自分でも驚いた。メリー・ジェーンは一緒にいて楽しい女性だ。押しつけがましさがなく、見たり、したりしたことをすべて喜んでくれる。

サー・トマスはメリー・ジェーンを喫茶店まで送っていった。あまり話もせず、気は楽だったが、お茶を勧められた時は断った。「もう十分に怠けたからね。今日は楽しかったよ。つき合ってくれてありがとう」

メリー・ジェーンは手を差し出した。「誘っていただいてありがとうございました。今夜忙しくないといいですね。そうすればゆっくり眠れますもの」

彼はこっそり微笑した。夕方の診療所はいつでも忙しく、家の机には山積みの仕事が待っているのだ。

「たぶん大丈夫だと思うよ」彼は快活に言い、車に乗って走り去った。

メリー・ジェーンは車が見えなくなるまで見送り、コートを脱ぐと、すねているブリンブルにえさをやり、やかんを火にかけた。すてきな一日だった。彼女はお茶を飲みながら、一つ一つ思い浮かべてみた。常識から考えて、サー・トマスは本心から私と一緒にいたいと望んだとは思えない。一日を過ごす相手として私がちょうど手ごろだっただけだろう。今朝訪ねてきたのは、明らかにフェリシティの住所を知りたかったからだ。私を誘ったのは一時の思いつきに違いない。私は自分が、彼がふだんつき合っている人たちにとても及ばないのはよくわかっている。それに、彼が私のレインハットをちらっと見た時の顔といったら……。

メリー・ジェーンは立ち上がり、台所の壁の小さな鏡を見に行った。昼間戸外で過ごしたので上気してはいたが、肌は健康的に輝き、目がきらきらしている。だが、彼女はそれに気づかなかった。目についたのは、帽子からはみ出してぬれた髪と、化粧のない顔だけだった。

サー・トマスは六時きっかりに診療所の診察室に腰を下ろした。次々と訪れる患者の訴えに辛抱強く耳を傾け、丁寧に診察をしては、優しい態度でどこが悪いのか、どう治療するのかを話して聞かせる。最後の患者を送り出し、彼と受付係とインターンが帰る支度をしたのは九時近かった。師長はカルテを集めながら、あくびをかみ殺した。サー・トマスは師長にとっても他の看護師にとっても理想の男性だった。決してあわてず、いつも丁寧で、辛抱強く、自分に向けられる献身的な熱情に気づいていない。それに、これほど成功しているにしては、うぬぼれたところがなかった。

彼はみんなにおやすみを言い、車で家に帰った。しゃれた建物の続くリトル・ベニスにある家は、グランド・ユニオン運河に面している。やっと雨が上がり、夜もふけて静かだった。彼が玄関のドアを開けると、小柄で太った年配の男性が廊下に出てきた。

「やあ、トレンブル」サー・トマスは言って、マホガニーのサイドテーブルの横のひじかけ椅子にコートを無造作に置いた。

トレンブルはコートを取って、丁寧にたたんだ。「おかえりなさい。軽いお食事の支度がしてあります」

「ありがとう」サー・トマスは郵便物に目を通しながら言った。「十分待ってもらえるかい？」

彼は郵便物とかばんを廊下の奥の書斎に運び、手紙を読んでから、二階の寝室に上がった。しばらくして下りてくると、通りに面した広い応接間の暖炉のそばへ行った。年老いたラブラドル犬がのろのろと立ち上がって、うれしそうに出迎える。

サー・トマスはウィスキーのグラスを手にして座ると、犬の頭を膝にのせて話しかけた。

「一緒に行けなくて残念だったね。なんだかおまえもあの娘（こ）が気に入るような気がするよ」

トレンブルの声がした。サー・トマスは犬を連れて、廊下の反対側の食堂へ行った。食堂はマホガニーのテーブルとハート形の背をした椅子で美しくしつらえてある。一方の壁には象眼模様のマホガニーの食器棚が置かれ、壁にある真鍮（しんちゅう）の燭台（しょくだい）の照明が穏やかな光を投げかけていた。

サー・トマスは給仕をするトレンブルとおしゃべりしながら、おいしそうに食事を平らげ、チーズの最後の一切れを犬に食べさせた。

「ワトソンには一時間前にえさをやりました」トレンブルは厳しい顔で言った。

「チーズは消化にいいそうだよ、トレンブル。人間だけではなく、犬にも当てはまると思うがね」

「コーヒーは応接間で召し上がりますか?」

「それがいいね。ミセス・トレンブルに、どれもおいしかったと言ってほしい」

彼は間もなくワトソンを連れて書斎へ行き、机に向かって仕事を始めた。メリー・ジェーンのことはすっかり頭から消えていた。


たとえメリー・ジェーンが彼を忘れたいと思ったとしても、そうはいかなかった。小さな村だから、サー・トマスのロールスロイスに乗るところを目撃されて、ニュースはたちまち村中に広まった。さらに、夕方車から降りるところを、近所のコテージに住む数人の女性に見られてしまった。

次の朝、店は客であふれた。遠回しの質問にいくつか答えているうちに、メリー・ジェーンは大繁盛の理由を知った。その場にいた女性たちがささいなニュースを面白おかしく脚色しそうだったので、彼女はサー・トマスと出かけたことを落ち着いて話し、ロマンスの気配もないことをわからせた。

みんなはメリー・ジェーンが好きだったので、サー・トマスと過ごした一日のたんたんとした話にがっかりし、彼女が楽しかったと言うのを聞いて喜んだ。メリー・ジェーンにはあまり楽しみがなく、村から出て同じ年ごろの若い人たちに会う機会もないのをだれもが知っていたのだ。みんなはコーヒー一杯でぐずぐずしていた。ポター姉妹が仲間に入ってくると、話題は自然にサー・トマスのことになった。

「そりゃすてきな人よ。ミルクみたいにとっても穏やかなの」ミス・メイベルが言った。

「ミルクだって吹きこぼれることがあるわ」メリー・ジェーンはつぶやきながら、ビスケットを勧めた。スコーンは早々と品切れになっていた。

次の朝、サー・トマスはウィグモア通りの診療所に着くと、秘書兼受付のミス・ピンクに明るくおはようを言い、デスクの前で立ち止まった。「この週末の予定はどうなっているかな？」

「土曜の夜は夕食会でのスピーチがあります。それから、ミス・ソーレイがお電話で、日曜の夜に食事に連れていってくれるかどうかお尋ねでした。まず昼間にどこかへ出かけたいそうですよ」

一瞬、サー・トマスの目の前に、ひどい帽子をかぶったメリー・ジェーンの楽しそうな顔が浮かんだ。彼はすぐに言った。

「母のところへ行こうと思っているんだ。ミス・ソーレイに電話して、ぼくは出かけると伝えてくれないか?」ミス・ピンクに探るように見つめられて、彼は穏やかに見つめ返した。「忙しくて電話する暇がないんだ」

サー・トマスが診察室に入っていくのを見て、ミス・ピンクはそっとほほえんだ。彼女はミス・ソーレイと会った時に不機嫌な顔をされて、強い反感を覚えていたのだった。最初の患者が入ってくる前のわずかな時間に、サー・トマスは母親に電話をして、週末に訪ねると伝えた。

のんびりとした声が受話器を伝わってくる。「まあ、よかった。だれかを連れてくるの?」

彼はだれも連れていかないと答えた。母とメリー・ジェーンが一緒にいるのを見たら面白いだろうな。ちらっとそんな考えが頭をよぎったが、すぐにばかげていると打ち消した。

メリー・ジェーンが遠出したことは、数日間村人の関心を呼んだが、それも郵便局長の娘の結婚式までだった。その日は大勢の村人が教会に集まり、メリー・ジェーンの店にも客が流れてきた。コーヒーとスコーン、ソーセージロールが飛ぶように売れた。

その夜ベッドに入りながら、メリー・ジェーンは、うまくいけば新しい冬のコートが買えるだろうと考えた。

真夜中近く、サー・トマスは燕尾服に白の蝶ネクタイという華やかな正装で、招待された宴会から戻った。短くて的を射たスピーチが好評だった。あとは楽な服に着替え、眠たがるワトソンを連れて、もう一度車に乗るだけだ。母親の家に着くのは遅くなるだろうが、鍵は持っている。夜のこの時間、道路は閑散としているし、ほとんどが高速道路なので、一時間ちょっとで行けそうだ。

実際、そのとおりになった。彼は村に入ると車のスピードを落とした。村の住人はずっと前に眠りについている。ゆっくりと教会を過ぎ、数百メートル先の開いている門を入った。

霜が降りそうな冷え込んだ夜で、月の光がこうこうと明るい。横に広い家は、ドアの上からもれている明かり以外は真っ暗だ。サー・トマスは静かに車を降り、ワトソンを出した。犬が家のわきの植え込みに消え、また現れるのを待ってから、家の中に入る。

玄関は天井が低くて、心地よく暖かい。サイドテーブルのスタンドの横にメモがあった。だれかがカードに〝コーヒーはストーブの上です〟と書いて、優美な陶器のスタンドに立てかけておいたのだ。サー・トマスはちょっと微笑して、そっと階段わきのドアから台所へ行き、コーヒーをカップについだ。それから、二階の寝室に上がった。

四時間後には、彼は起きて身支度をし、台所でお茶を飲みながら、家政婦のミセス・ビーバーと話していた。

「ロンドンはどうですか？」家政婦は尋ねた。

「さあ、あまりよく見てないんだよ。ほとんど診療所か自分の部屋で過ごしているからね。なぜ仕事をやめて、ここで静かな落ち着いた暮らしをしないんだろうと、不思議に思うことがあるよ」

「賢い頭脳を犬の散歩やクレー射撃だけに浪費させるなんて、あなたらしくありませんよ。私の考えを言わせていただければ、奥さんを迎えて、子供を作ることです。そうすれば家族を養わなくてはなりませんから、仕事をやめるなんて考えませんよ」

「いつも結婚させたがるんだね」そう言って、彼はワトソンを口笛で呼んだ。晴れて寒かったが、朝食前に散歩することにする。

散歩から戻ってくると、彼の母親がコーヒーポットを前にして座っていた。小柄でほっそりした彼女は、白いもののまじった髪を古風なスタイルにまとめ、仕立てのよいスーツを着ている。

「おかえり、トマス。あなたの顔を見るのは本当にうれしいわ。数日泊まっていけないのかしら？」

彼は身をかがめてキスをした。「だめなんだよ。来週も予定が詰まっていてね。月曜の早朝には戻らないといけないんだ」

彼は皿にベーコンエッグとマッシュルームをのせて、母親の隣に座った。「庭がきれいだね」

「ドッドがよくやってくれるのよ。もっとも私が花を切りたいと言うと、ちょっとうるさいけどもね」彼女は息子にコーヒーを渡した。「それで、どうしていたの？　仕事以外のことだけれど」

「とくに何も。昨夜の夕食会はぜひ出席しなくてはならなかったし、あとパーティが一つ二つあって」

「車に乗せてと言ったあのきれいなお嬢さんはどうしているの？　もう何週間も前の話だけど」

「イングリッドか。知らないな」彼はふいに思い出してほほえんだ。「彼女がお茶を飲みたいと言い張るので、そうしたんだよ。ストウオンザウォルド近くの村のおかしな喫茶店でね。不思議な毒舌家の娘がやっているんだ」

「かわいいの？」

「いや、髪の色はぱっとしない。目はすみれ色なんだ」

「珍しい色ね。離れた村の隠れた楽しみって、きっかけがないとわからないものだわ」彼女がちらと見ると、息子は笑顔で母親を見ていた。「その娘に興味を感じたの？」

「たぶんね。ふだんつき合いで会う上品な若い女性とはまるで違うから。でも、それだけじゃないんだ。その店でやっと暮らしを立てているというのに、自分の身の上にすっかり満足しているらしい」

「家族はいないの？」

「姉さんが一人。美人でね。世界を飛び回るトップモデルで、莫大な収入があるらしいんだ」

「それなら、喫茶店の持ち主を少し援助しているかもしれないわ」

サー・トマスはマーマレードを取った。「どうもそうではないらしい。で、教会には行くの？」

「もちろんよ。午後は新聞を読んだり、暖炉のそばでお茶を飲んだりして楽しく過ごしましょうよ」

月曜の朝、メリー・ジェーンが、焼き上がったティーケーキをオーブンから出している時、ドアのベルが鳴った。壁の時計をちらと見ると八時半だった。まだ〈営業中〉の札も出していない。

サー・トマスがドアに背を向け、手をポケットに入れて立っていた。メリー・ジェーンが鍵を開けると彼は振り向いた。

メリー・ジェーンは札を裏返そうとしたが、サー・トマスの大きな手がそれをさえぎった。「おはよう、メリー・ジェーン。コーヒーを頼んでもいいかい？　まだ早いとは思うが」

彼の声はいつもよりずっと静かなので、メリー・ジェーンは早とちりをした。「ロンドンに帰る途中ですね。徹夜だったんですか？」美しい瞳が思いやりにあふれている。「さあ、入ってください。コーヒーならすぐできます。トーストも作れるし……」

彼女がサー・トマスの返事も待たずに元気よく言葉を続けたので、彼は嘘（うそ）を言わずにすんだ。

「おいしそうなにおいがするね」彼はメリー・ジェーンのあとについて台所へ入った。

「ティーケーキです。焼いたばかりなの」メリー・ジェーンは振り返った。「食べてみますか？」

「ぜひ頼むよ」彼はぶらぶらと戸口へ行った。「犬が一緒なんだ。連れてきてもいいかい？　ブリンブルはいやがるかな」

「犬？」メリー・ジェーンは驚いた。「もちろんかまいません。ブリンブルはまだ寝ているし、階段のドアを閉めるから」

ワトソンは何かにありつけるかと鼻をぴくつかせた。「なるべくどこへでも連れていくんだ」サー・トマスは言った。

メリー・ジェーンはボウルに水を入れ、全粒粉のビスケットと一緒に差し出した。「気の毒に。家に帰れてうれしいでしょうね」彼女は恥ずかしそうにつけ加えた。「あなたもだわ、サー・トマス」

サー・トマスは笑いをこらえた。彼は二杯めのコーヒーを飲みながら尋ねた。「商売はどう？　あのいとこは今も迷惑をかけてるのかい？」

「なんとか暮らせてます」彼女はまじめに答えた。「オリバーはあれ以来、来ません。もう来ないと思うわ」

「ほかに家族はいないの？」サー・トマスはさりげなく尋ねた。

「ええ。オリバーは姉を気に入っているんです。彼女がとても有名だから」

「きみもそうなりたいとは思わないのかい？」

「何で有名になれるというんですか？　いずれにしても、有名になりたいなんて思わないけど」彼女は少し挑むようにつけ加えた。「ここでとても幸せなんです。ブリンブルがいるし、村の人をみんな知っているから」

「結婚したくないのかい？」

彼女はカップを満たしに立ち上がった。「こんな小さな村だから、男性に会うことが少ないんです。結婚できたらすてきでしょうけど、相手が愛する人でなくてはね。もう一つティーケーキはいかが？」

「やめておこう。そろそろ行かないと」

メリー・ジェーンは彼がワトソンを横に乗せて走り去るのを見送ると、中に入って、またティーケーキを焼き、新しいコーヒーをいれた。月曜の朝は暇なはずだが、念のため準備しておくのだ。

客は何人か来た。しばらく暇になったあと、月曜には珍しくポター姉妹がやってきて、コーヒーを飲みながら、カナダから甥が訪ねてくる話をした。次にミセス・フェロウズが来て、コーヒーをおかわりしながら、今度の土曜にベビーシッターをしてほしいと言った。ドクター・フェロウズがチェルトナムの劇場の切符を手に入れたのだそうだ。メリー・ジェーンは喜んで引き受けた。そのあと二台の車が止まり、子供たちと両親と祖父母らしい一行がぞろぞろと降りてきた。彼らはありったけのティーケーキとほとんどのスコーンを平らげ、コーヒーとレモネードをたくさん飲んで、またにぎやかに出ていった。昼は店を閉め、急いでサンドイッチを食べて、またスコーンを焼いた。

午後はしばらくはだれも来なかったので、メリー・ジェーンは一息ついた。四時近くなり、もう閉店しようかと考えていた時、外に止まった車から女性が一人降りて、お茶が飲めるかと尋ねた。

「窓際のテーブルにどうぞ」メリー・ジェーンは誘った。「お天気はいいし、いい午後ですね。インド茶か中国茶に、スコーンかティーケーキでもいかがですか?」

「中国茶にスコーンをお願いするわ。なんてすてきな村なんでしょう」女性がほほえんだので、メリー・ジェーンも笑顔を返した。客は若くはないが、メリー・ジェーンが憧れるようなツイードの服を着て、白髪まじりの髪を形よく整えている。優しそうな顔には、笑いじわがたくさん刻まれていた。

メリー・ジェーンはお茶とスコーンの皿、バターといちごジャムを運んだ。サー・トマスの母親は話をしながら、メリー・ジェーンを観察した。これがすみれ色の目をした不思議な毒舌家という娘なのね。彼女はメリー・ジェーンを実際に見て気に入った。瞳はたしかに驚くほど美しい。

「この時期は、あまりお客さんが多くないのかしら?」彼女はさりげなく尋ねた。

「ええ、まあ。今日はとても忙しかったけれど」

「朝早くはお店を開けないんでしょうね」ミセス・ラティマーは次々と浮かぶ考えを追いながら尋ねた。

「開店は九時ごろです。でも今日は早く開けたんですよ。徹夜した人が熱い飲み物をほしいと言ったので」メリー・ジェーンはサー・トマスを思い出して頬を染め、狼狽を隠そうとしてつけ加えた。「ワトソンという名の犬も一緒で……」

「珍しい名前ね」ミセス・ラティマーはそう言いながらメリー・ジェーンにほほえみかけた。「おいしいスコーンだこと。来てよかったわ」

4

日が落ちるのが早くなり、朝は冷え込むようになってきた。メリー・ジェーンは今日もほとんど客の来なかった店を閉めながら、ロンドンにいる姉のフェリシティのことを考えた。その朝着いたはがきによると、パリのショーは大成功だったという。数日の休みをとったあと、一週間の予定で今度はセイシェル諸島に行くそうだ。メリー・ジェーンは羨ましいとも思わない。なぜそんな遠くまで行くのか不思議だ。わずかな女性しか着ない服の写真を撮るだけなのに。

ブリンブルにえさをやり、自分も夕食をすませると、ジャージーのドレスの丈を上げて短くした。ショートスカートがはやっているし、だれも気づいてはくれないけれど、脚には自信があった。

午前中数人の客が来て、最後は年配の男性だった。とても気分が悪そうなので、コーヒーのおかわりをサービスした。その男性は咳がひどくて、目に涙をためている。顔は紙のように白い。

彼が出ていく時、メリー・ジェーンはためらいがちに声をかけてみた。「風邪がひどいのに、お出かけなんですか?」

「仕事があるんでね。やめるわけにいかないんだ」男性はしゃがれ声で言った。

気の毒に。メリー・ジェーンはそう思ったが、しばらくすると忘れてしまった。店を閉める時、雨の降りしきる暗い戸外を眺めながら、数日の予定でロンドンに出かけたドクター・フェロウズ夫妻に同情した。とても休暇を楽しむ天候ではない。

夜中に喉が痛くて目が覚め、朝起きた時には頭痛がした。雨と風が強く、一日中客は来なかったが、今日ばかりはありがたかった。早々と店を閉め、食欲がないので熱い飲み物だけ飲んでから、熱い風呂に入り、ベッドにもぐり込んだ。体が温まったうえ湯たんぽをしっかり抱いているのに、ぞくぞくと背筋に寒けが走る。具合の悪いことを察したのか、ブリンブルがベッドに入ってきて、ぴったり寄り添ってくれた。メリー・ジェーンは間もなく眠りに落ちた。だが、夜中に何度も目が覚めてしまい、朝になった時はほっとした。

お茶と解熱剤を飲めば気分がよくなるに違いない。階段をはい下りて、ブリンブルにえさをやり、お茶を飲んでベッドに戻った。天気はいっそうひどくなり、通りに人影もなく、客の来る気配もない。メリー・ジェーンはまた眠ったが、ひどい頭痛と息をする時の胸の痛みで、たびたび目を覚ました。夕方近く、またベッドからはい出して、ブリンブルにえさをやり、顔を洗って清潔な寝間着に着替えた。もう一晩眠れば元気になるだろう。何か飲まなければと思うのだが、階下に行くことを考えただけで気分が悪くなってくる。彼女はまたベッドに戻った。

何度か目が覚めて、喉が渇いているのを感じた。ミセス・アダムズの家へ行って、ドクター・フェロウズの代理の医師に往診を頼んでもらわなくてはと思うのだが、どうしても気力がわかない。ブリンブルが鳴いているのをぼんやり感じたが、もうひどく頭が混乱していたので、階下に行ってえさをやったような気になってしまった。窓を鳴らす風雨にも気づかず、彼女はまたうとうとと眠り始めた。

サー・トマスはブリストルでの診察の帰途、スウィンドンで高速道路を下りた。どこかで昼食をとらなければならない。彼は、少し遠回りをしてメリー・ジェーンの店に行くのも悪くないと思った。午後は予定がなく、こんな悪天候では運転するのも骨が折れる。だが実際は、少しの遠回りどころではなかった。

喫茶店に着いたのは一時過ぎだった。人影も車もなかったが、もともとにぎやかな場所ではないし、ドアの〈閉店しました〉という札を見ても、あまり驚かなかった。メリー・ジェーンは昼食中かもしれない。彼は車を降りて、ドアのベルを鳴らした。だれも出てこないので、中をのぞき込む。ブリンブルが奥の小さなカウンターに不安げに座っている。

きりに鳴いた。

サー・トマスがガラスをたたくと、飛び下りてきて後ろ足で立ち上がり、せがむようにし

サー・トマスはもう一度ベルを鳴らし、ついでにノックもして、バーバリーのコート姿で辛抱強く立っていた。髪はすっかりぬれている。後ろに下がって、二階の窓を見上げたが、人影はない。しばらくして、彼は小さなテラスの端まで行き、裏庭に通じる狭い小道を歩いていった。彼はきゃしゃな門を開け、小さな庭を横切って、台所の窓からのぞき込んだ。いつもと違って乱雑だ。ガス台にはミルクの入った鍋がのったままだし、やかんや皿やナイフ類が散らかっている。両隣のコテージは暗く、静まり返っていた。サー・トマスはアーミーナイフを取り出し、窓枠にゆっくりと当てた。

掛け金がゆるかったので、窓は簡単に開いた。サー・トマスはバーバリーのコートを脱いで台所に投げ入れ、窓から無理やり入ろうとした。体が大きいので一苦労だったが、なんとか床に下り立ち、一瞬その場に立って、耳を澄ました。

「メリー・ジェーン」そう静かに呼んでみたが、返事はない。彼は狭い階段を上った。

階段を上りつめた時、メリー・ジェーンが寝室からよろよろと出てきた。寝間着姿で、足ははだしだ。髪は乱れ、背中や肩にたれ下がっている。苦しげな顔は土色で、まぶたもはれている。

「まあ、あなたね」彼女は弱々しい声で言った。

サー・トマスはののしりたいのを抑え、メリー・ジェーンを抱き上げると、くしゃくしゃのベッドに寝かせた。彼は階下に下り、今度はドアから出て、車からかばんを取ってきた。途中で冷蔵庫のいちばん上にあるミルクプディングらしいものをブリンブルのボウルに入れて、階段を一段おきに駆け上がる。

メリー・ジェーンはじっと寝ていたが、サー・トマスがベッドの端に座ると、目を開けた。ぐったりして話せないのが、かえって好都合だ。サー・トマスはメリー・ジェーンの口に体温計を押し込み、手首をつかんだ。彼の冷たい手が気持よくて、メリー・ジェーンはその手を自分の熱い手で包んで、また目を閉じた。

熱が高く、呼吸も脈拍も速い。サー・トマスは励ますように平静に言った。「ひどい流感にかかっている」「かかりつけの医者はだれだい？」

メリー・ジェーンは目を開けた。「留守なんです」

「だれか世話をしてくれる人は？」

彼女はわざわざ返事するのもわずらわしくて、顔をしかめた。

サー・トマスは彼女をキルトで包んだ。「すぐ戻るよ」そう言うと、また裏口から表に回り、喫茶店の隣の家を両方ともノックした。どちらも返事がないので、自分の車に行って電話を取った。

コテージに戻ると、彼は静かに手早く仕事に取りかかった。台所を片づけ、ドアに鍵（かぎ）をかけ、窓も戸締まりし、二階に上がってかばんをつかんだ。メリー・ジェーンはまた目を開けた。

「帰ってください。ひどい頭痛がするんです」

「じきに気分がよくなるよ」彼はそう言ってから尋ねた。「猫用の箱かバスケットはあるかい？」

「たんすの上です」彼女は突然起き上がった。「なぜ？　ブリンブルは病気じゃないでしょう？」

「違う。でもきみは病気だ。一日か二日、きみと猫の世話をしてくれる人のところに連れていく。さあ、準備ができるまで、おとなしく静かにするんだよ」

ブリンブルはバスケットに入れられるのをいやがった。だが、つかまえて押し込む手は優しかったし、ミルクプディングのせいですっかり気を許してもいた。バスケットはサー・トマスが持って下りたかばんと一緒にテーブルに置かれた。次に彼は二階に上がると、メリー・ジェーンをキルトに包んで運び下ろした。階段が狭くて少し困ったが、キルトはともかく、メリー・ジェーンは小柄でやせている。彼は外に出て、苦心して車のドアを開けると、メリー・ジェーンを助手席に乗せ、シートベルトを締めた。それからブリンブルとかばんを取りに行き、喫茶店のドアに鍵をかけた。もう全身びしょぬれだ。コートを着るのがわずらわしく、後ろの座席に投げ込んだままだからだ。車に乗る前に、サー・トマスは一瞬立ち止まって通りを見回した。だれもいない。みんな家の中で気持よく暖炉のそばに座っているのだろう。風雨に負けないよう、テレビの音を大きくしているに違いない。彼は車に乗り、メリー・ジェーンの生気のない顔をちらりと見て、発進させた。

じきにメリー・ジェーンは目を開けた。ひどく気分が悪いのだが、確かめておかなければならないことがある。

「病院はだめよ。ブリンブルが……」

「気をもむんじゃないよ」サー・トマスは言った。「一日か二日寝ていられるところに行くんだ。それでよくなるし、ブリンブルもすぐそばにいるよ」

「よかったわ」メリー・ジェーンは礼儀正しさを取り戻した。「ありがとう。迷惑をかけてごめんなさい」

彼女はサー・トマスの低い声を聞きながらうとうとした。彼のなんでもない励ましが慰めだった。車が彼の母親の家で止まり、大切に中に運び込まれた時、メリー・ジェーンはかすかに身動きしただけだった。玄関で待っていたミセス・ラティマーは、一目見るなり言った。

「かわいそうに。二階の庭側の部屋へ連れていってあげて。バルコニーがあるから猫も大丈夫よ」

サー・トマスは一瞬母親のそばで立ち止まった。「ありがとう、いろいろ考えてくれたんだね」

　彼は階段を上り、母親はバスケットに入ったブリンブルを受け取って、ゆっくりとあとを追った。

　サー・トマスはメリー・ジェーンをベッドに横たえ、そっとキルトを取った。ミセス・ビーバーが慰めるように言った。「ほらほら出ていってくださいな、サー・トマス。早くきちんとしてあげたいんですから。きれいに体をふいて、清潔な寝間着に替えて、レモネードを飲ませて……」

　入ってきたミセス・ラティマーもうなずき、ブリンブルのバスケットをバルコニーに下ろした。「ドクター・フィニーを呼ぼうかしら？」

「体をふいたら、ぼくが診てみよう。なるべく早く抗生物質を与えるほうがいい。もし往診を頼むのなら、明日でもいいと思うよ」

「そうね。では、むこうで飲み物でも飲んでいらっしゃい。準備ができたら知らせるわ」

　彼が再び二階に上がった時、メリー・ジェーンは目を覚ましていた。顔は青白かったが、髪はきちんとお下げに編まれて一方の肩にかかり、ミセス・ラティマーの寝間着を着ている。

「これでいい」彼はベッドの端に腰を下ろして、脈を取った。かなり速いので、ちょっと眉をひそめる。「抗生物質を打とう」彼の口調は患者の診察に来た医者のように、明るくそっけなかった。「注射だよ。ミセス・ビーバーに体の向きを変えてもらって、その間に用意をしよう」

メリー・ジェーンは返事をするのも面倒だった。清潔になって温かいベッドにいる今は、ただ眠りたい。彼女は親切なミセス・ビーバーが体の向きを変えてくれるのにまかせながらきいた。「ブリンブルはどこ？」

「バルコニーでおやつを食べてるよ」サー・トマスはそう言って、ミセス・ビーバーが寝具をかける間に、注射を打った。メリー・ジェーンの悲鳴は無視する。

「ほら、すっかり終わったわ」ミセス・ビーバーは言った。「少しお休みなさいね」

「痛かったわ」メリー・ジェーンのかすれ声は悲しげで、今にも涙がこぼれそうだ。

「ほら、ブリンブルだよ」サー・トマスの声が遠くで優しく聞こえた。彼女はブリンブルのふわふわした体をそばに感じ、泣くまいと目を閉じて、眠りに落ちた。

サー・トマスはしばらく立って見下ろしていた。彼女はまるでまだ十五歳の少女のようだ。

階下に下りると母親は応接間にいた。

「ドクター・フィニーに電話をして、彼女の様子を話しておこうと思うんだ」彼は言った。

ミセス・ラティマーも賛成だった。「私は十分世話してあげるつもりよ。彼女、流感かしら？」

「ああ。でも軽い肺炎になっているかもしれない。いつから具合が悪くて寝ていたかわからないんだ」

「喫茶店が閉まっていたら、近所の人たちが気づきそうなものだけど」

「ふだんならね。でも、こんな悪天候では店を開けないのも当たり前だと思うんじゃないかな」

彼が電話をしたあと、二人は遅い昼食をとった。コーヒーを飲みながら、ミセス・ラティマーは尋ねた。「あの人は家族がいないの？　たしかお姉さんがいるんでしょう？　知らせないとだめよ」

「ああ、住所と電話番号はわかるから、もちろん連絡するよ。ただ、めったにロンドンにいないらしいんだ」

「もしお姉さんに連絡が取れて、メリー・ジェーンが心配だと言ったら、ぜひここに連れていらっしゃい。大丈夫なのを確かめるように言ってあげて」

二人は居間に戻り、ミセス・ラティマーはほかの話題を話し始めた。やがてサー・トマスは愛想よく言った。「メリー・ジェーンをちょっと見てから出かけようと思うんだ」

メリー・ジェーンは片手をブリンブルに回してぐっすり眠っていた。疲れきった顔にやや赤みが戻り、呼吸も少し楽になったようだ。彼は脈を取り、額に手を置いてから、ミセス・ビーバーを捜しに下りた。

「彼女を起こして体をふいてから、たっぷり飲み物をあげてほしいんだ。何か食べられそうなら、ヨーグルトのようなものがいいな。ドクター・フィニーが明朝往診に来て、あらためて指示してくれると思う。よろしく頼むよ、ミセス・ビーバー。三日だけだ。最悪の時期は通り過ぎたと思うよ」

彼はお茶を飲み、夜に電話をすると母親に約束してから、車でロンドンへ戻っていった。

メリー・ジェーンは彼が帰ったことに気づかず、会ったことさえはっきりしなかった。目を覚ますと、ミセス・ラティマーがベッドわきに座っていた。まだ気分はよくないが、頭痛は薄らぎ、寒けは消えた。

起き上がろうとすると、ミセス・ラティマーが言った。「だめ、じっと寝ているのよ。顔や手を洗って、さっぱりさせてあげるから、何かおあがりなさい。トマスに言われているの。あとで電話をよこして、きちんと世話したかどうか確かめるって」

その優しい笑顔を見て、メリー・ジェーンの目に涙があふれ、頬を伝い落ちた。ミセス・ラティマーは黙ってそれをふき、すぐによくなるわと言った。ミセス・ビーバーが洗面器とタオルを持って入ってきた。ブリンブルはえさにつられてバルコニーに出ていき、その間にメリー・ジェーンは体をふいたり、髪をとかしてもらったりした。彼女は二人にすべてをまかせながら、また涙があふれそうになるのをこらえた。長い間一人暮らしをしてきたので、こんなに優しくしてもらうすばらしさを忘れていたのだ。

「泣いてもいいのよ。いつもは泣き虫ではないと思うけれど、きっと流感のせいよ。明日の朝にはずっと気分がよくなるわ」ミセス・ラティマーが言った。

そのとおりだった。目が覚めた時、メリー・ジェーンは体がだるかったが、頭はすっきりしていた。起きたいとさえ思ったが、ミセス・ビーバーに厳しく止められ、彼女に見守られながら、お茶を飲み、スクランブルエッグを食べた。

ミセス・ラティマーが朝食をとっているところに息子が電話をかけてきた。昨夜の電話では、フェリシティに連絡したということだった。彼はメリー・ジェーンの様子を尋ねた。ミセス・ラティマーは慎重に言った。「見た目はとてもよさそうよ。ぐったりして、まだ熱もあるけれど、お茶を飲んだし、スクランブルエッグも食べたの。あなたに言われた錠剤ものませたわ。彼女のお姉さんはなんて言っていたの？」

彼はすぐには答えなかった。電話をかけた時、フェリシティは感じがよくて、メリー・ジェーンのことを気遣い、彼にフラットに会いに来てほしいと言った。彼は気が進まなかったので、かわりに食事に誘い、外で食事をしながらメリー・ジェーンの話をした。フェリシティはしばらく耳を傾けていたが、やがてテーブルごしに魅力たっぷりにほほえみかけた。

「あの子は大丈夫。とても頑丈なの。気にかけてくれてありがとう」そしてテーブルの上の彼の手に触れて言った。「どこかへダンスしに行かない？」

彼は患者の診察があるし、病院にも行かなくてはならないと言って、礼儀正しく断った。そして彼女のフラットまで送っていったが、どこに住んでいるか尋ねられると、巧みに質問をかわした。

「メリー・ジェーンは頑丈だから大丈夫だと言っていた。それに気にしてくれてありがとうって」

「わかったわ」ミセス・ラティマーは言ったが、実はわかっていなかった。「もうすぐドクター・フィニーが見えるわ。先生に電話をかけてほしい?」

「ああ、そうしてもらえるかい? 母さんには今晩電話をするよ。それまでは時間がないと思うから」

電話を切り、朝食をすませてから、ミセス・ラティマーはメリー・ジェーンのところへ行った。「先生が往診に来てくださるのよ」

「もう起きられます」メリー・ジェーンは言った。「気分もいいし。ご迷惑をかけてすみません」

「心配させてくれる人がいてうれしいのよ。想像がつくでしょう? トマスはずっと前に私の世話なんかいらなくなってしまったから。先生が見える前に、温かいお風呂に入ったらどうかしら?」

ドクター・フィニーが来た時、メリー・ジェーンはすっかりさっぱりし、別の寝間着に着替えてベッドに座っていた。まだ顔色は青白く、元気はなかったが、ふだんと変わらぬように見せようとしていた。

医師は年配の落ち着いた人で、とても優しかった。彼はメリー・ジェーンを丁寧に診察した。すっかり診察し終えると、考えるように言った。「危なかったよ。もう一日ぐずぐずしていたら、肺炎で入院となるところだった。トマスが見つけて手早い処置をしたのがよかったんだ。あと二日ベッドにいたら、もう自分の家に帰っていいよ。仕事を持っているのかね?」

「喫茶店を経営しています」

「そうか、それは面白い。また仕事を始めてもいいが、あと数日はあまり無理をしないように。トマスが置いていった錠剤をのんで、時々はベッドを出て歩き回ってかまわないよ。二日したらまた診察に来るが、それまでにずっとよくなっているだろう」

ミセス・ラティマーが戻ってくると、メリー・ジェーンは言った。「なぜサー・トマスにここに連れてこられたのかわからないんです。不作法な言い方ですが、わかってくださるでしょう。私を預けるとしたら……」彼女はだれも思いつかなくて、言葉を切った。本当ならマーガレットのところへ行くべきだが、彼女は断るに違いない。ミス・ケンブルは看病してくれるだろうが、それは義務感からだ。ほかの友達は小さな家に住み、子供か、年取った祖父母がいる。

ミセス・ラティマーは慎重に言った。「村で面倒を見てくれる人が見つかるまでに、あなたの病状が悪化してしまう。それがトマスにわかったんじゃないかしら」

「着るものがあれば、ドクター・フィニーの許可が出しだい帰ります。これ以上迷惑をかけたくないし、どう感謝していいかわからなくて」

「そのことは二日間のうちに話しましょう。さあ、少し寝なさい。そのうちミセス・ビーバーがお昼を運んでくるわ。忘れないでね、私たちはあなたにいてもらって本当にうれしいの。年寄り二人が甘やかしても許してね」

ミセス・ラティマーはほほえんで出ていった。メリー・ジェーンは目を閉じて眠った。

二日間のおいしい食事とたっぷりの休養のおかげで、メリー・ジェーンは驚くほど回復した。ミセス・ビーバーが洗ってくれた髪は褐色に柔らかく光り、やつれた顔には血色が戻って、目も輝きを取り戻した。美人ではないけれど、とても感じがいい、とミセス・ラティマーは思った。

ドクター・フィニーの往診のあと、メリー・ジェーンはだれかに着るものを取ってきてもらえないかとおずおず頼んだ。「これ以上ご親切に甘えていられませんもの。鍵さえあれば、隣のミセス・アダムズに入ってもらって、服を送ってもらうんですが」

ミセス・ラティマーはあいまいな表情になった。「さあ、トマスが鍵を持っているはずよね。あの子は明日来るから、きっといい考えがあると思うわ」

そこで、メリー・ジェーンはミセス・ラティマーのキルトの部屋着を着て、家の中を案内してもらったり、廊下の奥のミセス・ラティマーの居間に座って彼女がトマスの話をするのを聞いたりして、楽しく過ごした。メリー・ジェーンは三十四歳の彼が結婚していない理由をぜひきいてみたかった。

彼は翌日の午後来たが、一人ではなかった。フェリシティが車から降り立ち、一緒に家に入ってきたのだ。ミセス・ラティマーに紹介されると、フェリシティは短く感じのいい挨拶をした。「二日ほど暇ができたので、思い立ってサー・トマスにお電話して、こちらにお帰りの時、一緒に行ってもいいかおうかがいしたんです。妹のことがずっと心配でしたの」彼女は魅力たっぷりにほほえんだ。

ミセス・ラティマーは疑問に思ったが、それを隠して温かく歓迎し、すぐにメリー・ジェーンに会いたいかと尋ねた。

「ええ、お願いします。うつらないんでしょう？　来週は予定が詰まっているので注意しないと……」

ミセス・ラティマーは彼女を二階に案内し、サー・トマスはワトソンを連れて居間へ行った。やがて母親が下りてきた。

「なんてきれいな人かしら」彼女はそう言いながら、暖炉のそばに座った。冷ややかな声だったので、サー・トマスは母親を見て、ちょっとほほえんだ。

「美人だよ。言わなくて悪かったけれど、時間がなくてね。出かけようとしたところに、電話をしてきたので、一緒に来てもいいと言うほかなかった」

「彼女はどうも一泊するつもりらしいわ」

「小さな旅行かばんを持っているだろう。近くのパブに泊まるようなことを言っていたよ」

「とんでもない。ここにいないとだめよ。メリー・ジェーンも喜んでいるんじゃないかしら」彼女は息子の顔を見ずに言った。「あの娘は喫茶店に帰りたがっているけれど、着るものがないのよ。どうしたらいいのかしら?」

「あとで車で出かけよう。ミセス・ビーバーを連れていって、必要なものを取ってくる。散らかっていたから、少し片づけをしてくるかもしれないよ」

「お姉さんも一緒に帰って、一日、二日泊まるつもりかしら?」

「それはないだろうな」サー・トマスはフェリシティが入ってきたので、言葉を切った。

「入ってかまいませんか? メリー・ジェーンが休んでいるので下りてきたんです。すてきなお宅ですわね、ミセス・ラティマー。ぜひ拝見したいわ」

彼女はサー・トマスの近くに腰を下ろして、にっこりとほほえみかけた。姉妹二人でどうしてこんなに似ていないのだろう。彼は不思議に思いながら、穏やかに言った。「上に行って、ちょっと見てこよう。もう家に帰っても大丈夫かどうかをね」

「私も一緒に行くわ」フェリシティは言った。

「いや、いいよ。休んでいるのなら、人数が少ないほうがいい」

フェリシティが不満そうにしかめ面をするのにも気づかず、彼は出ていった。まず台所のミセス・ビーバーのところに行ってから二階に上がると、メリー・ジェーンはブリンブルを膝にのせ、椅子に腰かけて、窓の外の曇り空を眺めていた。

「休んでいないのかい?」彼は尋ねながら、椅子を引き寄せて、近くに座った。「フェリシティがそう言っていたのに。具合はどう?」

「すっかりよくなりました。ありがとうございます、サー・トマス。フェリシティを呼んでくださるなんて、あなたは本当に優しいんですね」

彼はそれには答えずに言った。「これからミセス・ビーバーを連れてちょっとコテージへ行ってくる。必要なもののリストを作ってくれたら取ってくるよ。きみは明日の朝早く送っていこう」

「あなたが戻ってきたら、すぐ帰れます」

「それはそうだが、帰ることはない。もう一晩泊まっても、きみに不都合はないし、母も帰したがらないからね」彼は手帳とペンを渡した。「リストを書いてほしい。ミセス・ビーバーが待っているんだ」

彼の態度がてきぱきして事務的なので、メリー・ジェーンもそうしようと努めながら、置き場所も書いた細心のリストを作った。それを渡しながらもう一度言ってみる。「私を送っていただくのが面倒でなければ、本当に今日帰ります」

「強情を張るんじゃないよ」サー・トマスは出ていき、しばらくすると帽子とコート姿のミセス・ビーバーを連れてきた。「下で母やフェリシティとお茶を飲んでいたらいい」彼は優しく言って、メリー・ジェーンをそっと椅子から立たせた。「ブリンブルも連れておいで。もうワトソンと対面させてもいいだろう」

メリー・ジェーンは階下に下りていった。階段の下で辛抱強く主人を待っていたワトソンは、控えめにくんくんとブリンブルのにおいをかいだ。ブリンブルはメリー・ジェーンの腕の中からワトソンを見て、ごろごろと喉を鳴らした。

「メリー・ジェーンがお茶に下りてきたよ。ぼくたちは夕食には戻ってくるからね」

「メリー・ジェーンは連れていかないの？」フェリシティはあわてて言った。「着る服はあるの？」

「これから取りに行くんだよ」

「じゃ私も行くわ」フェリシティはさっと立った。

「ミセス・ビーバーが行く。何がいるかわかっているからね。でも、きみの申し出には感謝するよ」

彼はワトソンを口笛で呼んで出ていった。残った三人はお茶を飲みながらおしゃべりをした。話し手はほとんどフェリシティだった。これまでに会った人の噂話、仕事で着た豪華なドレス、楽しい生活のあれこれなどだった。

「もちろん結婚したら全部やめるつもりです」彼女はミセス・ラティマーに明るく言った。「でも、今の仕事は結婚してもとても役に立つんですよ。服や化粧のことを知っているし、知人も増えますから」

「婚約なさってるの？」ミセス・ラティマーがきく。

「いいえ、まだ。機会は多いんですけれど、どういう男性と結婚するか決めてますから。お金持で育ちがよくてハンサムな人です」彼女はころころと笑った。「仕事で成功した人のいい妻になるつもりなんです」

その間メアリー・ジェーンは静かに座って考えていた。サー・トマスはまさにフェリシティが結婚したがっているタイプだわ。姉はきれいで楽しいから、彼も夢中になりそうだし。きっと彼のほうから姉をこの家に招いたのね。私には答えてくれなかったけれど、否定もしなかったもの。

やがてミセス・ラティマーは物静かに話題を変え、フェリシティが身支度できるよう、部屋に案内すると言った。「食事は八時なの。それまでゆっくりくつろいでね。足りないものがあったら、どうぞ言ってちょうだい」

メアリー・ジェーンはブリンブルと取り残されて、帰宅する計画を立て始めた。ケーキを焼いて片づけをしなければならない。サー・トマスに連れ出された時、ひどく散らかっていた気がする。彼があまり親切なので、すっかり甘えてしまった。ミセス・ビーバーが頼まれたものをすぐに見つけて、サー・トマスを待たせないといいけれど。コテージは寒いに違いない。居間のガスストーブをつけて、そこで待つように言えばよかった……。

サー・トマスは居間へ行くどころではなかった。ミセス・ビーバーと一緒に寒い喫茶店に入り、台所へ行ってみると、散らかり放題になっていた。

「上に行って服を持ってきてくれないか」彼はミセス・ビーバーに頼んだ。「ぼくはここを片づける」

サー・トマスはコートと上着を脱ぎ、シャツの袖をまくり上げた。やかんに何杯も湯をわかし、洗うものをすべて洗い、ふいてからしまった。ほうきを見つけて床を掃き、戸棚の中をのぞいた。お茶と砂糖、ビスケットの包み、キャットフードとオートミールが入っている。冷蔵庫にはバターとラード、固くなりかけたチーズとベーコンが少しばかりあった。彼は階段の下に行って声をかけた。ミセス・ビーバーはあちこち動き回っていたが、上から顔をのぞかせ、彼が話す前に言った。

「驚きましたよ、サー・トマス。あの娘ときたら、なんでもきれいに洗ってアイロンをかけているんですが、みんなすっかり繕ってあって、戸棚にはあまり着るものがないんです。

たしかに質のいいものばかりだけど、この前買い物に行ったのはいつのことやら」彼女は一息ついた。「あの姉さんは絹やサテンを着ているのに。血は水より濃いなんて当てになりませんね」

「その点はなんとかなるだろう。ぼくは村の店に行ってくる。まだ開いているはずだから。ほとんど食べ物がないんだ。たしか牛乳屋が来てるはずだ」

「勝手口の外を見てくださいな」

牛乳はそこにあった。サー・トマスは牛乳を冷蔵庫に入れると、コートを着て買い物に行った。必要と思われる食料品を買って戻り、戸棚の中に積み上げる。

ミセス・ビーバーはもう支度ができていた。車に乗り込むと、サー・トマスは彼女の憤慨と敬意のまじった言葉に半分耳を傾けた。若い娘が両親を亡くして自活していくことがどんなに大変かという話だった。彼女はやっと言葉を切り、弁解するようにつけ加えた。

「こんなおしゃべりをして、気分を悪くしないでくださいね。あなたはあのお嬢さんを特別に思ってはいないかもしれないのに。私は、あの人はどの男性の目を引いてもいいくらいきれいだと思いますけど」

サー・トマスは穏やかに賛成した。

サー・トマスが居間に入っていくと、母親がメリー・ジェーンと一緒に複雑な模様の夕ペストリーに見入っていた。二人は顔を上げ、メリー・ジェーンは立ち上がって言った。「服を着てきます。本当にありがとうございました」

彼はほほえんだ。「そのままでもすてきだけれど、ドレスを着たほうが落ち着くんだろうね」彼はドアを押さえ、メリー・ジェーンを廊下に送り出した。「ミセス・ビーバーがかばんを部屋に持っていったよ。ブリンブルはここに置いていってかまわない」

サー・トマスは猫を受け取り、彼女が階段を上がるのを見送ってから、部屋に戻った。

「お客さんはどこ?」彼は母親に尋ねた。

「二階で身支度をしているわ。コテージはメリー・ジェーンが帰っても大丈夫そうだったの?」

「できるだけきれいに片づけた。少し食料品も買っておいたよ。店の奥さんの話では、みんなメリー・ジェーンがどこに行ったのか、不思議に思い始めていたそうだ。悪天候で出かける人はあまりいなかったし、外出した人も、喫茶店は客が来ないから閉めていると思っていたらしい。隣の家はずっと留守で、いつも来るポター姉妹はひどい風邪で家にいたんだ。不運が重なったんだね」彼は母親の向かい側に腰を下ろした。「メリー・ジェーンが帰ったら、村の人が助けに集まってくるよ。彼女はみんなから好かれているんだ」

「そうでしょうね」夫人は言葉を切った。ドアが開いて、フェリシティが入ってきたのだ。鮮やかなグリーンの体にぴったりした絹のドレスに着替えている。短い裾(すそ)から見える脚はみごとだが、襟ぐりが開いているので、ミセス・ラティマーの目には慎みがないと映った。フェリシティはゆっくりと歩いた。この場にふさわしくないにしても、サー・トマスが彼女の魅力をたっぷり楽しめるように。だが、残念ながら、彼はほとんど目もくれず、飲み物を作ろうと立ち上がった。

十分後、メリー・ジェーンも加わった。スーツのスカートに、マークス・アンド・スペンサーのブラウスを着ている。サー・トマスは彼女の平凡な服装をゆっくりと眺めた。そして言った。「メリー・ジェーン、ここに座ってシェリーを飲まないか」

5

ミセス・ラティマーが言った。「私のそばに座って、メリー・ジェーン。早く治ってくれて本当にうれしいわ。でも、私たちは寂しくなるわね。あなたが落ち着いたら、お店へお茶を飲みに行くわね」

メリー・ジェーンの静かな返事は、フェリシティの声にかき消された。「ロンドンから離れて暮らせたらどんなにいいでしょうね。田舎や静かな暮らしって大好き。旅行ばかりの生活をやめたいと思うこともあるんですよ。羨(うらや)ましいわ、メリー・ジェーン」

メリー・ジェーンはあまり腹は立てないほうだが、これには我慢ならなかった。「姉さんがモデルをやめても、大した問題はないでしょう。モデルは大勢いるんですもの。私はもっと人手がほしいわ。とくに夏はね」彼女は小さくほほえんだが、胸の中は穏やかではなかった。私のさえない地味な服装が、フェリシティの高価な服を容赦なく目立たせているというのに、そのうえ、今度は田舎に住みたいなどと言い出すなんて……。

サー・トマスはメリー・ジェーンの顔を上目使いに見ながら、彼女の思いを鋭く見抜いていた。二人はあまりにも違っている。とくに着ているものが対照的だ。だが、メリー・ジェーンの美しいすみれ色の瞳にはフェリシティもかなわない。

彼は柔らかく言った。「きみはきっと田舎暮らしを退屈に思うだろうね、フェリシティ。今は仕事をしているの？」

「来週はロンドンで撮影よ。あちらで会えるかしら？　そのあとニューヨークのショーに行くの。去年行った時はすばらしかったわ。ニューヨークのパーティときたら……」

彼女は、それが華やかだったことを話し始め、三人は耳を傾けた。メリー・ジェーンはもちろん行きたそうな表情をしたし、不作法にあたることはしないミセス・ラティマーは、いかにも興味ありそうな顔をした。そしてサー・トマスはまるで真意のつかめない、謎(なぞ)のような表情を浮かべていた。

だが食卓では、フェリシティはおしゃべりできなかった。サー・トマスが会話をありきたりの話題ばかりに持っていったからだ。コーヒーのあと、彼は電話をしなくてはと言って、書斎に引っ込んだ。フェリシティのすねた顔に気づかなかったらしい。

彼が戻ってきたのは、ちょうどフェリシティが話し相手の二人にうんざりして、もう寝ると言った時だった。

「八時では早いかな？」サー・トマスはメリー・ジェーンに尋ねた。「昼までに町に戻りたいんだ」

「それで結構です」メリー・ジェーンは言った。「でも、わざわざ送っていただかなくても、きっとバスに乗れると思います」

フェリシティが口をはさんだ。「私も行くわ」

「六時半に起きなくてはいけないんだよ」サー・トマスが穏やかに言った。

彼女はためらった。「そうね、やめておこうかしら。メリー・ジェーンはもう手がかからないらしいから。ここであなたの帰りを待っているわ」

彼女は男性をうっとりさせるような微笑を浮かべたが、サー・トマスにはまるで効果がなく、彼は母親のほうを向いて話し始めた。


なかなか明るくならない秋の朝で、雨も降っていた。二人は八時きっかりに家を出た。ミセス・ラティマーは見送りに出て、メリー・ジェーンを温かく抱きしめ、近いうちに会いに行くと約束した。メリー・ジェーンは助手席に座り、ブリンブルはバスケットに入れられて、後ろの座席で不機嫌に沈黙していた。話などしなくてもよかった。メリー・ジェーンは、彼がおしゃべりは聞きたがっていないように感じた。彼女自身も話すのが得意でないし、朝にふさわしくないような気がする。お互いにほとんど無言だったが、気まずくはなかった。メリー・ジェーンは静かに今週の予定を立て、サー・トマスは自分の考えにふけっていた。どうも楽しいことらしく、時折微笑が浮かんでいる。

喫茶店に着くと、一人で大丈夫というメリー・ジェーンの言葉を無視して、サー・トマスは車を降りた。そしてブリンブルのバスケットを引っ張り出し、鍵を受け取り、彼女を家の中に導き入れた。

「ここで待ってて」彼は二階に上がってガスストーブに火を入れ、台所の明かりをつけ、ブリンブルのバスケットをテーブルに置いた。スーツケースを二階に運んで下りてきた時、メリー・ジェーンは台所にいた。

「きれいに片づいているわ。ひどく散らかっていたのに。コーヒーはいかが？」

「残念だが、帰らなくては」彼はメリー・ジェーンの手を取って優しくほほえんだ。「大事にするんだよ、メリー・ジェーン」

彼女はじっとサー・トマスの顔を見た。「本当に親切にしてくださったわ。あなたにもお母さまにもなんてお礼を言ったらいいのか。それに、送ってくれてありがとう」彼はメリー・ジェーンの頬にキスをした。彼女は走り去る車を眺めながら、また会うことがあるだろうかと考えた。たぶんないだろう。ただ、彼がフェリシティに恋をしたら、また会うに違いない。

メリー・ジェーンは台所へ行ってブリンブルを出し、お茶をいれ、スーツケースの中身を片づけると、エプロンをつけた。客があるとも思えないが、来た場合にそなえて準備だけはしておこうと思った。札を〈営業中〉にしに行って、ドア近くのテーブルに箱が置いてあるのにようやく気づいた。上に花束ものっている。

箱を開けてみると、ふたつきの容器に、チキンやポテトフライ、サラダが入っていて、プディングやチーズ、ワインの小瓶まで添えてあった。

メリー・ジェーンはすっかり明るい気分になって、テーブルに花を飾り、コーヒーをわかし、のし板を出した。スコーンを焼いたら、すぐにミセス・ラティマーとミセス・ビーバーにお礼の手紙を書こう。

サー・トマスが母親の家に着いた時、フェリシティの姿は見えなかった。彼は母親に出かけると告げて、ミセス・ビーバーのいる台所へ行った。「ロージーかトレイシーに頼んでほしい」彼は村から通いで手伝いにくる娘の名を言った。「ミス・シーモアの部屋に行って、ぼくは五分で出かけるって伝えてほしいんだ。もし間に合わないのなら、タクシーを呼んで駅から汽車に乗ればいいってね」

フェリシティはあと一分というところで、あたふたと下りてきた。「お化粧する時間もないし、荷物はスーツケースに投げ込んだのよ」彼女はかわいらしく口をとがらせたが、サー・トマスは動じなかった。「どこか途中で止まれるでしょうね」

彼はあくまで丁重に答えた。「本当にすまないが、時間がない。病院へ行かなければならないからね」

フェリシティはミセス・ラティマーに挨拶し、またお会いしたいと言った。「すてきなお家を拝見する時間がなかったんですもの」だが、ミセス・ビーバーのことは無視して、さっさと車に乗り込んだ。

「あの二人が姉妹だとは思えませんね」ミセス・ビーバーは不機嫌に言った。

サー・トマスもロールスロイスを走らせながら、同じことを考えていた。

男性からほめそやされるのに慣れっこのフェリシティは、サー・トマスを惹きつけようと手を尽くした。だが、一緒にいる楽しさはあっても、彼はどこかよそよそしい。フラットの前で車が止まった時、フェリシティは少しもうまくいかなかったことを感じた。彼女はそれが悔しくて、彼を惹きつけてみせるとあらためて決心した。彼はモデルとしての成功とか華やかな生活には興味がないらしい。戦術を変えよう。フェリシティはまじめな声でさよならを言い、また会いたいとは口に出さず、メリー・ジェーンによくなってほしいわと、効果的につけ加えた。「機会があったら、すぐ様子を見に行くつもりよ」

サー・トマスは適当に言葉をにごしたが、内心では、彼女はそんなことはしないだろうと思った。サー・トマスはフェリシティのことを頭から追い出し、病院へ向かって車を走らせた。

メリー・ジェーンが焼き上がったスコーンをオーブンから出している時、最初の客が入ってきた。若い二人連れはほとんど口もきこうとしない。娘が地図を読み違えて、逆の方角に来てしまったのだ。二人は小菊の小さな花瓶をはさんでにらみ合っている。メアリー・ジェーンがコーヒーを運んでいくと、今いる場所を教えてほしいという。

「この地図係のせいで、とんでもないほうに来てしまった」若者は娘をにらんでつぶやいた。

「そんなことはないわ」メアリー・ジェーンが言った。「この道をまっすぐ行って、最初の交差点を右折すればいいの。間違ったところからまだ数キロよ」

やがてまたドアが開いてポター姉妹が姿を見せた。

「今日はここに来る日じゃないけれど」ミス・エミリーが言った。「買い物に行く途中、あなたが帰っているのが見えたから。お休みは楽しかった?」

メアリー・ジェーンがええと答えて、コーヒーポットを取りに行くと、ミス・ケンブルが入ってきた。「帰ってきたのね。休暇を楽しんできたの?」

説明するほどのこともないと思い、メアリー・ジェーンはまたええと答えて、コーヒーをいれた。やがて若い二人連れは仲直りをして出ていき、かわって口ひげをはやした男性が来て、ランチを注文した。

ソーセージロールを作る暇はなかったし、冬はランチの注文はほとんどないので、スープとサンドイッチしか出せない。メアリー・ジェーンは台所へ行って、スープの缶を開け、パンを切った。ランチを作りながら、留守中だれかが冷蔵庫に食料を入れてくれたのだと思った。ミセス・ラティマーに尋ねてみなくては。

一時にはみんな引き上げた。メリー・ジェーンはコーヒーをいれ、ビスケットとチーズを食べ、ブリンブルにえさをやってから、二階に上がった。片づけをし、ベッドをきちんとしようと思ったのだ。

ところが、部屋は片づいていた。寝間着は洗濯されアイロンがかかり、きれいにたたまれている。浴室はしみ一つなく、どこにもほこり一つ落ちてない。

メリー・ジェーンは買い物に行った。店の主人と挨拶を交わし、電話を貸してもらう。ミセス・ラティマーはメリー・ジェーンの声を聞いて喜んだ。彼女はあらためてお礼を言ってから尋ねた。「だれかがコテージを掃除して、冷蔵庫にたくさん食料品を詰めて、洗濯やアイロンかけまでしてくれたんです。サー・トマスは、アイロンをかけたことはないでしょうし、買い出しもしないと思うんですが……」

ミセス・ラティマーはくすくす笑った。「あの子が食料を買ったのはたしかよ。いざとなればアイロンも上手にかけると思うわ。ミセス・ビーバーが一緒に行ったから、洗濯やアイロンかけをしたの。掃除をしたのは二人よ。トマスは皿洗いの達人なの」

「本当に?」メリー・ジェーンは驚いた。「お礼状を書いたら、サー・トマスに転送していただけますか? ミセス・ビーバーにもよろしくお伝えくださいね。時間ができたら、お二人に手紙を書くつもりですけれど」

「楽しみにしているわ。もうお店は開けたの？」

「ええ、お客もありました。昼休みのあと五時までまた開けます。だれも来ないかもしれないけれど」

　電話を切ると、メリー・ジェーンは急いでコテージに戻った。午後はだれも来なかった。戸締まりをして、夕食を二階の居間に運び、ガスストーブのそばで食べる。

　食事のあと、手紙を書くことにした。ミセス・ラティマーとミセス・ビーバーにはすぐ書けたが、サー・トマスへの礼状は時間をかけ、よく考えなくてはならなかった。彼は親切でずいぶん力になってくれたが、とくに親しみを見せたわけではなかった。ちょうどいい言葉が見つからず、何枚も紙をむだにしてどうにか書き上げた時は、もう夜もふけていた。

　そのあと数日は、あまり客が来なかった。毎晩丹念に計算しても、ほとんどもうけはなく、請求書の支払いをすませると、手元に残るものはなかった。冬はいつでも客が少ないから、春までどうやって持ちこたえるかが問題だった。窓からどんよりした晩秋の戸外を眺めていると、春はまだ遠い先に思える。だが、やがてクリスマスがやってくる。客の数はあまり多くないにしても、来る人たちはすっかりクリスマス気分で、気前よくお金を使ってくれるのだ。

メリー・ジェーンは椅子の上にのって、小さな屋根裏部屋の出入口に頭を突っ込んでみた。屋根裏はひどく狭くて寒い。彼女は精一杯体を乗り出して、古風なトランクを手前に引き寄せた。中には彼女の母親が着ていた古い服や何かが詰まっている。トランクを下ろすことはできなかったが、何が入っているか調べることはできた。

薄手のスカーフ、たくさんのレースにリボンの束、絹のペチコート、毛糸玉など、使えそうなものがたくさんある。彼女はそれらを引っ張り出して、はね上げ戸を閉めた。毛糸は上等で色も淡く、人形の服や赤ちゃんの衣類にぴったりだ。レースやリボンや絹でクリスマス向きの小物も作れそうだ。針刺しやにおい袋、リボンのついた寝間着入れなど、実用的ではなくても買いたくなるようなものを作って売ろう。その夜、彼女はあれこれプランを考えながら眠った。

次の朝、フェリシティからはがきが来た。二日後にニューヨークに出かけること、トマスと食事をしたことが書いてある。戻ってきたらまた彼と会うだろうとも書いてあった。メリー・ジェーンの具合がどうかは尋ねていないが、彼女も期待はしていない。

メリー・ジェーンははがきを読み返してみた。サー・トマスがフェリシティと会っていることにはそう驚かなかったが、なんとなく憂鬱(ゆううつ)になる。

「どうかしてるわね」メリー・ジェーンはブリンブルに話しかけた。「姉さんはとてもきれいだし、着るものもすてきだわ。クリスマスの前に私たちに会いに来るかもしれないわね」それから、さっきまで考えていたことを言い添えた。「二人はどこへ行って何を食べたのかしら?」

サー・トマスは、フェリシティに待ち伏せされたとしか言いようがなかった。苦労して彼の住所を捜し出した彼女は、サー・トマスが病院から帰ってきた時、たまたま家の前を通りかかるようにした。三晩続けて失敗したことは黙っていたが、再会できた驚きは隠さなかった。「一緒にお食事できるわよね?」フェリシティは言った。「一日中大変なお仕事をしたあとは、元気をつけないといけないわ」

サー・トマスは疲れていた。ワトソンだけを相手に夕食をとり、静かな夜を過ごしながら、たまっている医学雑誌を読みたいと思った。だが、礼儀正しい彼はそうも言えず、近くの感じのいいバーで飲まないかと提案した。「すぐ病院に戻らなくてはならないし、今夜片づける仕事がたくさんあるんだ」

フェリシティは愛らしく口をとがらせ、彼の車に乗り込んだ。魅力と美貌(びぼう)には自信があるから、いったん座ってしまえば、ぜったいに彼を説得して、食事にも誘ってみせるつもりだった。

だが三十分後、フェリシティはタクシーに乗せられていた。サー・トマスはきびきびと握手をし、楽しい夜を中断させてすまないと言った。「私のフラットまで送ってくれるかと思ったわ」彼女はかわいらしく不平を言って、美しい顔で見上げた。「一人で家に帰るのはきらいなの」

サー・トマスは運転手に金を渡した。「きみには大勢友達がいるんだろう、フェリシティ」彼は手を上げて見送った。

彼が家のドアを開けると、トレンブルがぶつぶつ言いながら玄関に出てきた。

「遅かったですね。忙しかったんですか？」

「そんなことはないよ。最後の一時間は別だったが。十分ほど郵便物に目を通してもいいだろうね？」

彼は忠実なワトソンを従えて書斎へ行き、気のない様子でぱらぱらと郵便物に目を通した。今夜はフェリシティの陽気なおしゃべりに時間を取られてしまった。

「美人なんだ」彼はワトソンに言った。「それはたしかだし、魅力もある。それなのに、彼女といて退屈だと感じるのは、ぼくが中年になってきたせいかな」

その夜遅く、彼はメリー・ジェーンの様子を見に行こうと決心した。彼女からの堅苦しい短い礼状は面白かった。書くのに時間と頭を使ったらしいが、体の具合のことは何も書いてない。様子を見に行って、全快したことを確かめるのが礼儀というものだ。

その週、客は少なかった。もちろんポター姉妹はいつものように来たし、ほかに買い物帰りの村の女性が一人か二人来たり、ごくまれに来る車の客などがあったりはしたが。メリー・ジェーンは今にまたよくなるわと自分に言い聞かせ、針仕事に取りかかった。手先が器用で想像力が豊かな彼女は、たちまちペチコートからいくつものねずみを作り上げた。小さな頭にレースの室内用キャップをのせ、リボンで飾ったひだスカートをはかせる。なんの役にも立たないが、かわいらしい。きっと買う人があるはずだ。値段をいくらにするか迷って五十ペンスに決めたが、ミス・エミリーによれば安すぎるという。そう言いながら彼女は一つ買い、ミス・ケンブルにも話をした。彼女もやはり一つ買ってくれ、姪の誕生日の贈り物にぴったりだと喜んだ。

ねずみがさっそく二匹売れたので、縫い物を続ける元気が出た。メリー・ジェーンは、コーヒー代を払う人の目を引くように、ねずみをカウンターに並べた。そして、通りがかりの車の客が三つも買ってくれたのに大いに気をよくして、ハート形の針刺しも作り始めた。

サー・トマスが喫茶店の外に車を止めた時、メリー・ジェーンはカウンターの上に立って、しだの鉢を片づけていた。これでねずみを並べる場所が広がる。客が来るかもしれないので〈営業中〉の札は出したままだ。ドアが開いてベルが鳴り、メリー・ジェーンは振り向いた。

上品なカシミヤのコートを着た大柄なサー・トマスが戸口をふさいでいる。「おはよう、メリー・ジェーン」彼は明るい飾らない声で言った。

　メリー・ジェーンはその間にうれしそうな表情を消し、ただの丁重な驚きを装った。だが、サー・トマスは見逃さなかった。

　彼はずばりとものを言うほうではない。「一緒に昼食をどうかと思ってね。ワトソンもいいかい？」

「もちろん連れてきてください。台所は暖かいし、ブリンブルもいますから」

サー・トマスは犬を連れてきて、後ろ手にドアを閉め、コートを脱いだ。「どこに出かけようか？」

「今、チキンキャセロールをオーブンで焼いているんです。これをむだにしたくないわ。フランス風で、タイムとパセリとベイリーフに小たまねぎを使ってあるんです。ブランデーがなかったから、去年のクリスマスの残りのシェリーを入れて……」

　これまで誘いを断られたことのないサー・トマスだったが、メリー・ジェーンの話につり込まれて聞き入った。台所から流れてくるかすかないいにおいに鼻がぴくぴくする。彼は迷わず言った。「おいしそうだ。ごちそうになってもいいかい？」

「あなたがそうしたいのなら……」

「本当にそうしたいんだ」彼は部屋を横切り、カウンターからメリー・ジェーンを抱き下ろしながら、ちょっとやせすぎだなと思った。その時ねずみが目に入ったので、一匹つまみ上げた。「この小さいのはなんだい？」

「今の時期はあまり忙しくないから、何かクリスマス用に売るものを作ろうと思って」

彼はねずみを眺めて、手のひらに乗せた。「母が気に入るだろうな。ミセス・ビーバーも。二つもらおうか。いくらだい？」

「よければ差し上げます。二つ選んでくれたら包装しますから」

サー・トマスは、彼女が薄紙でねずみを包むのを見ながら、さりげなくポター姉妹の安否を尋ねた。最近いとこにいやな目に遭わされていないかと確かめ、ワトソンのおどけたしぐさを話してメリー・ジェーンを笑わせた。

二人が台所へ行ってみると、犬と猫が仲よくガスレンジの前に座っていた。「コーヒーをいれて、上の部屋にストーブをつけてきますね」

「ぼくが行ってこよう」ストーブをつけて二階から下りてくると、彼は尋ねた。「ほかに何か手伝えることはないかい？」

「いちばん上の棚からお皿を二枚取ってくださいますか？　めったに使わないけれど、母のものだったんです」

彼は手を伸ばして皿を取り、テーブルの上に置いた。「日本の模様だね。十八世紀のものかな？　いや、十九世紀初めだね。たとえ二枚だけでも楽しいし、とても値打ちがある」

「ええ。子供のころ、いつも使っていたんです。マシュー伯父の家に住むようになって、行方がわからなくなっていたんですが、ここに移ってきた時、オリバーがお皿やカップをいくつかくれるというので、これにしたんです。食器室の奥で見つけました」

「これを使えばキャセロールが二倍おいしくなるね。じゃがいもをむくか、芽キャベツを洗うかしようか」

メリー・ジェーンは驚いた。「それはいけないわ。あなたが手を切ったりしたら、手術ができなくなってしまうもの」

「それならコーヒーをいれよう」

彼はコーヒーをいれ、二階の居間に運んだ。すぐあとからワトソンとメリー・ジェーンとブリンブルがついていく。部屋は暖まり、小さな電気スタンドをつけておいたので、いかにも居心地よさそうだった。サー・トマスは長い脚を投げ出してコーヒーを飲んだ。彼はメリー・ジェーンが大きな安らぎを与えてくれるのを感じていた。無理に話す必要もなかったし、彼女には少しも気取ったところがない。やがて彼は提案した。「午後、ドライブに行こうか？　冬でもコッツウォルド丘陵は楽しいと思うよ」

「すてきだわ。でも、ほかにしたいことはないんですか？」

彼はこっそりほほえんだ。「ああ、ないんだ」

「そう、それならぜひ行きたいわ」メリー・ジェーンはマグを置いた。「ベルが鳴ったみたい」

年配の女性が三人、寒さに震えながらコーヒーとビスケットを注文した。キャセロールのにおいをかぐと、ランチもほしいと言う。サー・トマスはメリー・ジェーンが美しい声であやまっているのを聞きながら考えた。もしぼくが来なかったら、彼女は自分の食事を三人にわけただろう、と。彼女はストウオンザウォルドへの道順を丁寧に教え、そこのレストランならおいしいランチがあると勧めている。

三人が帰ると、サー・トマスは階下に行って鍵をかけ、札を裏返した。「ランチを楽しむのを邪魔されたくないからね」

台所のテーブルで食べたキャセロールはとてもおいしかった。クリーム状のじゃがいもと芽キャベツ、ナツメグやバターが、チキンをよく引き立てていた。

台所の食卓は念入りに整えてあった。ウエストエンドのどのレストランにも劣らず洗練されているという彼のほめ言葉をうのみにしたわけではないが、メリー・ジェーンはほめられてやはりうれしかった。

二人で皿を洗う間、ワトソンとブリンブルはたっぷりの食事をもらった。日が短いので、サー・トマスはワトソンを短い散歩に連れ出し、一方メリー・ジェーンは、流行遅れのコートを着て、ブリンブルをバスケットに落ち着かせると、窓を閉め、裏口の戸締まりをした。

サー・トマスは彼女を車に乗せ、ワトソンを後ろの座席に座らせた。「どこか行きたいところはあるかい？」

メリー・ジェーンは革のシートにくつろぎ、一時間ほど彼と一緒にいられることを考えて、ひそかな幸福感にひたっていた。どこへ行ってもよかった。

彼は車の向きを変え、グロスター通りを通って村を出た。一、二キロ走ると道路は狭くなり、人家もほとんどなくなった。車も通らない。大きな車は生け垣の間をなめらかに走った。

「このへんは知っているかい？」

「いいえ、この道は初めてです。楽しいわ」

「ブロードウェイに出るんだ。そこからパーショアに行く道もとても静かだよ」

車はパーショアで南に下り、チュークスベリーで止まった。メリー・ジェーンはおいしいお茶をごちそうになった。

「きみのスコーンのほうがずっといいね」

メリー・ジェーンは恥ずかしそうに礼を言って、クランペットに手を伸ばした。

すでに日暮れだった。二人は車に戻って家路についた。帰りもわき道を通ったので、喫茶店に着くころにはもうほとんど暗くなっていた。

メリー・ジェーンがお礼を言って車を降りようとすると、サー・トマスが彼女の手を押さえた。「待ってくれ」

彼は鍵を受け取って中に入り、明かりのスイッチを入れ、二階のストーブをつけてから、車に戻ってきた。

二人で中に入ると、メリー・ジェーンは言った。「コーヒーはもういらないでしょうね。今晩の予定があるはずですもの」彼女は陽気に言いながら、内心思った。彼はきっと私と一緒にいて退屈したに違いない。夜は楽しく機知にとんだ美しい女性と楽しく過ごすのだろう。彼は一日中あまり笑わず、ただ時々ほほえんでいただけだったもの。

サー・トマスは立ったまま、メリー・ジェーンを見守っていた。彼女は顔を上気させ、目を輝かしている。

メリー・ジェーンは手を差し出した。「今日は楽しかったわ。本当にありがとう。お母さまやミセス・ビーバーに会われたらよろしくお伝えください」そして、彼を見上げてほほえんだ。「フェリシティと一緒の夜は楽しかったですか？　姉って面白いでしょう」

サー・トマスは穏やかな表情の陰に本心を隠すのが巧みだったから、愛想よくうなずいた。しかし、心の中ではこれほど似ていない姉妹も珍しいと考えていた。フェリシティはぼくと会ったことを、なぜわざわざメリー・ジェーンに伝えたのだろう？　彼女に嫉妬させるためだろうか。いや、そんなはずはない。メリー・ジェーンとぼくの関係は行きがかり上のものなのだから。

サー・トマスは車でロンドンの静かな家に帰り、書斎で長い夜を過ごした。彼は、今週行う講演の草稿を書いていたが、やがてペンを置くと椅子にもたれた。

「今日は楽しかったかい？」彼は暖炉の前に寝そべってうとうとしているワトソンに尋ねた。「とても愉快だったろう？　またぜひ行かなくてはね」彼は手帳を開いた。「今度チェルトナムに行くのはいつにしようか？」

ワトソンは目を開けて、尾を力強く振った。

「賛成なんだね？　よし。さてと、だれかあの村の近くに住んでいる知り合いはいないかな？」

メリー・ジェーンはロールスロイスのテールランプが消えるまで見送ってから、ドアに鍵をかけ、ブリンブルにえさをやった。あまり空腹ではなかったが、夕食にする。落とし玉子を作り、トーストとお茶を用意して二階に運ぶと、ガスストーブのそばで食べた。今日は楽しかったけれど、サー・トマスにあまり興味を持ってはいけないわ。今日はフェリシティが留守だったのに違いない。それで、この機会に私とも会おうとしたのよ。彼が姉のことを好きになったのなら、私と仲よくしたいと思うのは当然よね。もっとフェリシティの話をすればよかった。そうすれば、彼だってフェリシティのことを話せたでしょうに。

メリー・ジェーンはなぜかみじめだった。どうかしているわ。だってサー・トマスとフエリシティはお似合いだもの。彼が恋に落ちたと考えるのはまだ早いかもしれないけれど、フェリシティとたびたび会っているうちにきっと好きになる。姉と出会った男性はみんなそうなるのだ。メリー・ジェーンには確信があった。姉から直接聞いたのだから。

とくに荒れた日もなく、いつか季節は秋から冬へ移り、だれもがクリスマスのことを考えていた。村の店は子供たちが鎖を作る紙をそろえ、ビスケットやキャンディーの箱を棚いっぱいに並べている。メリー・ジェーンはケーキを焼いて砂糖でコーティングし、真ん中にサンタクロースを置くと、二本の赤いろうそくと一緒に窓に並べ、〈メリー・クリスマス〉という紙をガラスに貼った。クリスマスまで二、三週間あるが、店は赤いランプシェードで温かい雰囲気になった。驚いたことに、そのあと数日、久しぶりに大勢の客が訪れた。ねずみの売れ行きもよく、メリー・ジェーンは夜なべして商品を補充した。

フェリシティからまたはがきが来た。雑誌のモデルの仕事でロンドンに戻り、クリスマスは自分のフラットで過ごすつもりだという。あなたにいらっしゃいと言ってもむだね。コテージを離れるのはいやでしょうから——そう書いてあった。メリー・ジェーンは招待されても行かないだろうと思った。フェリシティの友達をだれも知らないし、ふさわしい服も持っていないからだ。それでも、招待されればうれしかったに違いない。

翌日ミセス・ラティマーが来た。楽しそうな顔つきの小柄で太った女性が一緒だった。

ポター姉妹がいつもの席を占領している以外、ほかに客はなかった。ミセス・ラティマーはメリー・ジェーンがカップの用意をしているカウンターに来て言った。「また会えて本当にうれしいわ。それに具合もずいぶんよさそうね。お茶をいただこうと思って。それにお手製のおいしいスコーンも。あなたやご家族を知っている人を紹介したいの。ミセス・ベネット、こちらがメリー・ジェーン・シーモアよ。メリー・ジェーン、ミセス・ベネットはあなたのお母さまのお友達なの」

小柄な女性はにこにこしている。「あなたはまだ小さかったから私を覚えていないわね。あなたのお母さんとは音信不通になっていたの。あなたたち姉妹が伯父さんの家に行ったという話は聞いたわ。もちろんフェリシティは有名だけど、あなたがここにいるとは思わなかった。一、二度伯父さんに手紙を出したけれど、返事がなかったのよ。また会えてうれしいわ。あなたはお仕事を持っているのね」

「ただの喫茶店ですけど」メリー・ジェーンは新しい客に好意を持った。「お座りください。お茶を持ってきます」

ポター姉妹は礼儀正しいから、新しい客をじろじろ見たりはしなかったが、熱心に耳を傾けていた。だが、スコーンも平らげ、ポットも空になったので、それ以上長居する口実がなくなった。姉妹は勘定をすませ、二人の客に会釈をして帰っていった。

ミセス・ラティマーと友人が帰った時は、閉店時刻をとっくに過ぎていた。ミセス・ベネットに巧みに誘われ、メリー・ジェーンは十日後の立食パーティに出ることを承知した。新しいドレスが必要になることはわかっていたが……。

その夜、ミセス・ラティマーは息子に電話をした。「メリー・ジェーンのところでお茶を飲んだわ。彼女はミセス・ベネットのパーティに来ることになったの。どうしてあの人がメリー・ジェーンの両親と知り合いだってわかったの？」彼女は少し間を置いた。「そういえば、どうやってミセス・ベネットを捜したの？　とても気立てがよくて、友達の友達の私が訪ねていったのにも驚かなかったわ」

「フェリシティから聞いたことがあって、名前を覚えていたんだ。あの近所の友達に何人か電話をしてみたんだよ。手を貸してくれてありがとう」

ミセス・ラティマーは顔をしかめながら受話器を置いた。トマスはメリー・ジェーンのきまじめな暮らしを明るくしようと、ずいぶん骨を折っている。彼がフェリシティを好きになったせいでそうしているのでないといいのだが。恋をしている男性は、相手を喜ばせるためにはなんでもする。だが、なぜか彼はそんなそぶりは見せていない。メリー・ジェーンのことはもちろん気の毒がっていると思うけれど。ミセス・ラティマーはふとほほえんだ。あの娘は気の毒がられても感謝しないでしょうね。

6

パーティに着ていくもののことが気になって、メリー・ジェーンは何日か眠れなかった。ドレスを買うゆとりはないから、生地を買って自分で仕立てることにしよう。店を閉めてチェルトナムへ行かなくては。ミシンもないのだから、ぐずぐずしてはいられない。ミセス・ストークかミセス・フェロウズにミシンを貸してほしいと、思いきって頼まなくてはならないのだ。

ミセス・フェロウズはすぐに承知してくれた。そのうえ、事情を聞くと、次の日チェルトナムまで車に乗せていってくれることになった。

メリー・ジェーンはほしい生地を見つけた。紫がかった柔らかなグレーのうね織りの絹で、選んだ型紙にぴったりだ。たっぷりしたスカート、広すぎない襟ぐり、ひじまでの袖丈のシンプルなドレスだ。彼女は思わず、同色のストッキングとグレーの革の靴も買ってしまった。黒に染められるから浪費ではないと自分に言い訳をする。

店に来る客はほとんどなく、おかげで生地を裁断し、縫うことができた。縫い物は得意なので、まずまずの出来ばえだった。夜、マニキュアをして髪を洗いながら、メリー・ジェーンはパーティに行かないことにすればよかったと半分後悔していた。ミセス・ベネットは愛想がよくて親切だが、ほとんど知らない人だ。夫人の話では大勢の人が来るという。ダンスもするのかしら？　ダンスは大好きだ。でも、だれも踊ろうと誘ってくれなかったらどうしよう？

　ミセス・ベネットから来た手紙によると、シプトン・ウィッチウッドに住む友達が行きがけに店に寄って、メリー・ジェーンを車で夫人の家まで乗せてくれるという。

　その日、彼女は早くから支度をすませ、古い冬のコートを着た。大勢の初対面の人に会うかと思うと、急におじけづいて寒けがしたのだ。だが、心配することはなかった。戸口に止まったステーションワゴンには、陽気な家族がぎっしり乗っていて、彼女はすぐにその中にとけ込んだ。古い冬のコートを場違いに感じた人がいたかもしれないが、だれも口にしなかった。メリー・ジェーンはくつろいだ気分になり、ミセス・ベネットの家に着くころには、先ほどの恐怖はすっかり忘れていた。

　コート置き場にあてられた寝室で、二人の娘とその母親からドレスをほめられ、ますます元気づけられた。実はほかの娘たちにくらべて、自分のドレスがおとなしすぎると感じていたのだ。ほかの女性は、むき出しの肩に細い肩ひものドレスというスタイルが多かった。メリー・ジェーンは階段を下り、ミセス・ベネットが迎える広い客間へ行った。

サー・トマスは家の主人と話しながら、メリー・ジェーンがミセス・ベネットと短い挨拶を交わすのを見ていた。ドレスはとてもよく似合っていると思う。だが、肌もあらわなピンクのドレスを着たらどうだろう。そう想像したことに、彼は自分でも驚いた。メリー・ジェーンは宝石もつけていなかった。あの細い首には真珠のチョーカーがぴったりだろう。彼は最近の政治についての意見に耳を傾け、適当に答えていたが、やがてメリー・ジェーンに近づいた。彼女は新しい知り合いと一緒に、ほかの若者たちのグループにまざっていた。

近づいてくるサー・トマスを見て、メリー・ジェーンはさりげない冷静な態度をとることをすっかり忘れた。彼女は口元を優しくほころばせ、少し赤くなった。サー・トマスは彼女の手を取って言った。

「きみがミセス・ベネットの知り合いとは知らなかったよ」

「私もです。先日あなたのお母さまがミセス・ベネットを連れて見えたんです。お友達の友達とかで、ミセス・ベネットは私の子供のころを覚えているということでした。母の知り合いだったんですって」

「きみにはうれしい驚きだっただろうね」サー・トマスはまじめな顔で言った。「だれと来たの?」

「エリオット夫妻です。シプトン・ウィッチウッドに住んでいて、迎えに来てくれたんです」

「母も来ているんだが、姿を見かけたかい？」

「いいえ」彼女は恥ずかしそうにつけ加えた。「ここには知っている人はいないんです」

「大丈夫だよ」サー・トマスはメリー・ジェーンの腕を取ると、知り合いに挨拶し、彼女を紹介して回りながら、ついに母親を見つけた。

「ああ、いたのね、トマス。メリー・ジェーンもとてもきれいよ。それにドレスもすてき。胸の開いたドレスを着た人をこんなに大勢見たことはないわ。もっと隠せばいいのにね」彼女はメリー・ジェーンを見て言った。「あなたは隠さなくていいと思うけれど。スタイルがいいんですもの」

メリー・ジェーンは頬を赤らめて小声で礼を言い、サー・トマスは笑いをこらえた。ミセス・ラティマーは優しい人だが、時にはとんでもないことを言う。

「あなたも賛成でしょう、トマス？」彼女は息子を見上げてほほえんだ。「あなたはむこうへ行ってらっしゃい。私はメリー・ジェーンと話したいの」

二人だけになると、ミセス・ラティマーは言った。「ねえ、ききたいと思っていたのよ。クリスマスはどこで過ごすの？　一人じゃないでしょうね？」

「ええ、フェリシティがロンドンにいるので、そちらに行くのを楽しみにしてるんです」

嘘(うそ)をついたのを、サー・トマスに聞かれなくてよかった。メリー・ジェーンはふだんは嘘を言わないが、今は少し事実を曲げたほうがいいと思った。フェリシティが招いてくれる時間はまだある。

「それはよかったわ。猫はどうするつもり？」

メリー・ジェーンは返事をせずにすんだ。色物のチョッキを着た青年が近づいてきたのだ。「あの、お話の途中ですが、踊りませんか？　さっきサー・トマスに紹介してもらったニック・ソウムズです。覚えていますよね？」

「行ってらっしゃい」ミセス・ラティマーが言った。「でも、帰る前に声をかけてね」

メリー・ジェーンはニックと踊った。彼はリードがうまかった。一曲終わるとビルという若者とかわった。こちらはダンスはそううまくないが、笑わせるのは上手だった。時々サー・トマスが見えた。次々と美しいドレスを着た娘を相手に部屋を回っている。それを見ると、彼は胸を露出しすぎだという母親の意見に、賛成ではないらしい。品がないわ。

メリー・ジェーンはそう思いながら、馬の話ばかりするマットという若者と踊った。

ミセス・ベネットは自分の家のパーティをディスコのようにはしなかった。若い人はいつでも好きな時に若者向きのダンスに行ける。夫人の家ではフォックストロットかワルツか、それとも踊らないかだ。バンドが昔はやったワルツを演奏し始めた時、サー・トマスはメリー・ジェーンを、ダンスを申し込んでいる年配の紳士からさっと引き離した。

「あの人と踊ろうとしていたのよ」彼女は強く言った。

「ああ、知ってるよ。だが、彼のダンスはひどいんだ。きみの足が青あざだらけになる」サー・トマスは広い部屋を大きく回りながら尋ねた。「楽しいかい？」

「ええ、おかげでとても。最初はどうなるかと思ったけど。だって、だれも知らないんですもの。でもミセス・ベネットは本当に親切ですね。クリスマスがすんだら、父や母のことを話しに来てくれるんですって。マシュー伯父はあまり話してくれなかったんです。親切だったけれど、子供好きじゃなかったのね」

音楽が終わったが、サー・トマスはメリー・ジェーンを放そうとせず、次の曲が始まると、そのままダンスを続けた。メリー・ジェーンは顔を少し上気させていたが、巻いて留めた薄い褐色の髪は乱れていない。おとなしい服を着た小柄な体は、彼の腕の中で軽やかだった。

彼は巧みにワルツをリードしながら、続きの小部屋に移っていった。暖炉に火が燃えている。彼はメリー・ジェーンを小さなテーブルのそばに座らせた。テーブルの上の小皿にはつまみがのり、クーラーには白ワインが冷えている。「五分間だけさいて、体調はどうか教えてくれないか？」

「おかげですっかりよくなりました、サー・トマス」メリー・ジェーンはオリーブを口に入れて言った。軽い昼食のあと、ほとんどお茶も飲んでいないし、食事の時間まであと一時間ある。

「忙しいのかい?」彼はグラスにワインをつぎながら尋ねた。「クリスマスはフェリシティのところへ行くんだろうね」彼の口調はさりげなかったが、上目使いにじっとメリー・ジェーンを見守っていた。

「クリスマスは……」メリー・ジェーンは時間かせぎをしながら、適当な小さい嘘を考えた。「ええ、もちろん。毎年行ってるんです。とても楽しいのよ」

彼は信じなかったが、静かな表情は変えなかった。「どうやって行くの?」くだけた口調のまま尋ねる。

「フェリシティが迎えに来るんです」メリー・ジェーンは小さな嘘を重ね、彼の顔を見ずにせっせとフライドポテトを食べたが、ちらっと笑顔を向けた。「あなたはお母さまのところでしょう?」

「それとも母がほかの家族とうちに来るかだね」

小さなビスケットの皿から、メリー・ジェーンは慎重に一つ選んだ。

「とても元気そうでうれしいよ」サー・トマスはグラスを渡した。「きみの健康のために乾杯しよう」

「あなたのためにも。楽しいクリスマスでありますように。クリスマスはあまり仕事をしなくていいんでしょうね」

「ところが違うんだ。一年中毎日、手や足を骨折したり、頭蓋骨(ずがいこつ)を割ったりする人がいるんだよ」

「まあ、それはそうね。でも、きっとあなたが偉すぎるんだわ」

「偉くないさ。手術や診察に備えて待機するだけだ」

「ほかの国にも行くんですか？」

「しょっちゅう行くよ」

メリー・ジェーンはフライドポテトとオリーブをほとんど平らげた。

「夕食前のダンスはぼくと踊ってくれるかい？」

「食事はもうすぐなのかしら？　とてもおなかがすいてて……」

彼はちらと腕時計を見た。「あと三十分だ。ダンスをしていたら、そのくらいすぐたつよ」

二人は客間に戻った。彼はすっかり陽気になり、メリー・ジェーンを馬好きのマットに預けた。マットは早いステップで踊りながら、この前のクロスカントリー競馬の一部始終を説明した。音楽が終わると、メリー・ジェーンはほっとした。次に申し込んできた沈んだ顔の長身の青年は、まるでダンスを知らず、よろよろ歩きながら、ぞっとするような解剖の授業の話を聞かせた。医学部の三年生で、メリー・ジェーンの気を引こうとしているらしい。「サー・トマスと踊っていたね。彼を知っているの？」

「ええ」

「彼はすごいんだ。きみはわからないだろうが、義肢を合わせるところときたら……」

「ええ、有名らしいわね」メリー・ジェーンは急いで言った。あまりくわしい話は聞きたくない。

「有名なんてもんじゃないんだ」そのとたん彼はメリー・ジェーンの足を踏みつけた。「だれだってあの人の足元にも及ばない。先週彼が脊髄移植をするのを見たよ」彼は血の一滴、骨の一片にいたるまでこと細かに話した。

次が夕食直前のダンスだった。サー・トマスはメリー・ジェーンを捜した。彼女は恐ろしい手術器具の話を、まだ礼儀正しく聞いている。サー・トマスは彼女の腕に手を置き、青年に愛想よく会釈をして彼女を引き寄せた。「踊ろうか、メリー・ジェーン?」

「あなたってとても有名なのね。自分では何も言わないけれど」メリー・ジェーンは彼のシャツの胸に顔を埋めそうになりながら言った。

「これまで話を聞きたいという人に会った覚えがないからね」彼はまじめな顔で答えた。「一人で胸にしまっておくのは、大変なことじゃないかしら」

「そう思うこともある。でも、ぼくの知り合いはみんな病院や患者の話は聞きたがらないよ」

「そう? 私ならかまわないけど。きっとさっきの人の説明よりましでしょう。ええと、ミニ……ミニセなんとかの……」

「ミニセクトミー――膝の軟骨の除去のことだね。成功率は高いが、ドラマティックな手術ではない」彼はメリー・ジェーンに笑いかけた。「今度心の重荷を下ろしたくなったら、きみに会いに行こう」

メリー・ジェーンは彼の言葉が本気とは思わなかったが、明るく答えた。「そうしてください。私は少しのことで驚いたりしないわ」

食事の時間になると、二人はほかの五、六人の客と一緒のテーブルにつき、ロブスターの小形パイや、小さいソーセージ、チーズ、パテといった珍味をのせたカナッペなどを食べた。それでもメリー・ジェーンはまだおなかがすいていた。ワインをグラスに二杯あけたせいで、すみれ色の瞳はいっそう輝きを増している。サー・トマスがそっと立たせなかったら、三杯めのワインに手を出したかもしれない。

「少し運動しようか?」彼は礼儀正しく誘い、ゆったりと踊った。そして、音楽が終わると、母親がミセス・ベネットと話しているところにメリー・ジェーンを連れていった。

「あら、あなたたちね」ミセス・ラティマーは明るい笑顔を向けた。「トマス、あなたはかわいい娘さんたちと踊っていらっしゃい。私はメリー・ジェーンと話したいの」彼女は自分の言ったことに気づいて言い足した。「あら、もちろんメリー・ジェーンもかわいいわよ」

メリー・ジェーンはかすかに笑って腰を下ろした。ミセス・ラティマーはかわいいと言ってくれたけれど、それは事実ではないと思った。それでも、サー・トマスがそう言ってくれればうれしいだろう。もちろん彼がそんなことを言うはずはなかったが。メリー・ジェーンは自分の平凡な容貌(ようぼう)をよくわきまえていた。

やがてまたダンスに誘われた。メリー・ジェーンは美貌の持ち主でないがダンスはうまい。そのことに、男性たちはすぐ気づいたのだ。次々と踊る相手が現れ、彼女が元気に踊り続けているうちに、最後のワルツになった。サー・トマスがそばに来ている。

「ぼくが送っていくよ」彼は言った。「連れてきてくれた人に、きみから話してくれるかい?」

「気にしないかしら?」

「もちろんだよ」彼は行儀よくメリー・ジェーンを抱き、ダンスには興味がなさそうにあたりを見回した。

ほかのカップルはうっとり寄り添っているのに、私ではロマンチックな気分になれないんだわ。メリー・ジェーンはそう思った。彼は腕の中にいるのがフェリシティならいいと思っているのだろう。

メリー・ジェーンはダンスが終わると礼を言い、挨拶をしてからコートを取りに行った。廊下にあふれる優雅なショールやマントの中で、彼女のコートはひどく場違いだった。サー・トマスは恥ずかしいだろうかと思ったが、そんな考えは彼に無縁だと思い直した。彼にはしっかりした社会的地位があるのだから、つまらない心配なんかしなくていいのだ。

ミセス・ラティマーがお別れのキスをした。「近いうちにまた会いましょうね、メリー・ジェーン」

ミセス・ベネットも言った。「クリスマスは忙しいけれど、年が明けたらぜひ遊びにいらっしゃい」

メリー・ジェーンが二人に礼を言い、車に乗って静かに座ると、サー・トマスは車を発進させた。

「今夜は楽しかった。きみはこの時期はよくパーティに行くのかい？」

メリー・ジェーンは、一番最後に出たパーティはいつだったか思い出せなかった。パーティといっても、教会の親睦会とかポター家での集まりなど、ワインやクッキーだけの、パーティとも呼べないものだったが。

「いいえ」彼女は何か陽気に言い足そうとしたが、一つも思いつかなかった。

メリー・ジェーンが黙ったのに気づかないのか、サー・トマスは今夜のことを話し始め、とりとめもなく一人でしゃべった。

コテージに着いた時は真っ暗だった。「きみはここにいるんだ。鍵を貸してくれないか」

彼はドアを開けて戻ってくると、メリー・ジェーンと一緒に戸口まで来て言った。「熱いバタートーストとお茶があるといいなあ」

メリー・ジェーンは驚いて彼を見た。「夜中の二時半よ」だが、すぐににっこりした。

「いいわ。私がやかんを火にかけるから、あなたはパンを焼いてね」

二人は台所でトーストを食べた。

「ロンドンまで帰らなくてもいいんでしょう?」

「ああ、今夜は母のところに泊まる。月曜の朝にはロンドンに戻らなくてはならないがね。きみは?」

「もちろん店は開けるけれど、あまりお客はないでしょうね」

「それならロンドンへ行く準備ができるね」彼は穏やかに言った。

メリー・ジェーンは少しあわててうなずいた。

やがてサー・トマスはさよならを言い、さりげない親しさで彼女の頬にキスをした。

「きっとまた会うはずだよ」メリー・ジェーンがぽかんとしていると、彼は続けた。「フェリシティのところでね」

メリー・ジェーンは言いたかった——私は行かないわ。姉と一緒に過ごすって思わせただけなのよ。だが、いい言葉が頭に浮かばないうちに、彼は行ってしまった。

クリスマス前の一週間は、思ったより大勢の客が入り、ねずみもよく売れた。一月のバーゲンの時にコートを探しに行けるかもしれない。そんな希望がわいてきた。ここ数年のならわしで、ポター姉妹がクリスマスのディナーに招待してくれた。教会のバザーには小さなケーキを焼いて、ミス・ケンブルの売店に出した。クリスマスイブの日、郵便屋がハロッズの大きな段ボールの箱を配達してきた。中にはキャビア、さまざまなパテ、ハムの缶詰に小さなクリスマスプディング、クラッカーの箱、チョコレートに赤ワインの小瓶が入っていた。フェリシティからのメモが添えられている。〈きっとすてきなクリスマスを過ごしているでしょうね。私はパーティに追われています。新年にはスイスですばらしいモデルの仕事が待っています〉そして追伸に〈トマスに昨日会いました〉とあった。

それはわかっていたわ。メリー・ジェーンは急に襲ってきた悲しみを振り払った。

クリスマスイブは、深夜に教会へ行き、ミサのあとみんなとゆっくり挨拶を交わしてから、コテージに戻り、ホットココアを飲んでベッドに入った。私はしょげていないわ。メリー・ジェーンは心の中できっぱりと言った。何人かがささやかな贈り物をくれたし、クリスマスの日はポター姉妹と過ごすことになっているのだから。サー・トマスは何をしているのかしら。たぶんフェリシティと一緒ね。そう考えながら、彼女はいつしか浅い眠りに落ちた。サー・トマスがその時間にも手術台にかがみ込んでいるのを知っていたら、もっとよく眠れただろう。彼は酔っぱらって窓から歩道に飛び下りた若者の脚を、慎重につぎ合わせていたのだ。

メリー・ジェーンはポター姉妹の家にワインとクラッカーとチョコレートを持っていっ

た。ポター姉妹はお茶の時間までいるようにと言う。きっと帰りは夕方になるだろう。喫茶店の窓に小さなクリスマスツリーを飾り、出る前に電気をつけておいたから、帰れば温かく迎えてくれるはずだ。

ミス・エミリーが鶏(とり)を焼き、ミス・メイベルは小さな食堂のテーブルをセットした。レースの縁取りのあるテーブルクロスに代々伝わる銀器や陶器やワイングラスを並べ、ろうそくの火をともす。メリー・ジェーンはクリスマスおめでとうと言って、二人の頬にキスをし、ワインを渡した。

「クラッカーも持ってきてくれたのね」ミス・エミリーは大きな声で言った。「うれしいわ。チョコレートも高級品ね。さあ、ランチの前にシェリーを飲みましょう」

楽しい一日だったわ。メリー・ジェーンはコテージに戻って考えた。明日は午前中たっぷり散歩して、午後はストーブのそばでのんびりと本を読もう。

翌朝は雨だった。通りには人影一つない。「家にいるより出かけたほうがいいのよ」メリー・ジェーンはブリンブルに話しかけ、ゴム長靴をはき、古いレインコートを着ると、髪をスカーフで包んで歩き出した。アイコムへ続く田舎道を、ウィック・リシントンまで行ってから、家路につく。びしょぬれになり、足早に歩いているのに寒かった。

教会の横の小道まで来るとほっとした。この近道を通れば、すぐ喫茶店のところに出られる。

メリー・ジェーンは急に立ち止まった。店の前にロールスロイスが止まっている。サー・トマスは風や雨など気にもかけない様子でボンネットに寄りかかっていた。足元にはワトソンがいる。

「やあ、メリー・ジェーン」厳しい声だった。穏やかな表情の裏に不機嫌さを隠しているに違いない。

「こんにちは、サー・トマス。びっくりしたわ」

彼は鍵を取ってドアを開け、メリー・ジェーンを先に入れてから、自分も中に入った。ワトソンはうれしそうに体を振り、まっすぐ台所へ行く。サー・トマスは尋ねもせずにコートを脱いだ。

「お茶をいれましょうか」メリー・ジェーンは流しでスカーフをしぼり、蹴るようにしてゴム長靴を脱いだ。

「そうしてほしいね」彼はメリー・ジェーンのレインコートを脱がせ、裏口のドア近くのフックにかけた。メリー・ジェーンはやかんを火にかけながら、少し当惑していた。フェリシティのところへ行かなかった口実を考えなくては。

だが、その時間はなかった。「さてと、説明してもらえるだろうね」サー・トマスは言った。

「何を説明するの？」メリー・ジェーンは忙しげにカップや受け皿を出しながら、もう少し嘘を重ねればうまくいくかもしれないと考えた。

「ロンドンでフェリシティと一緒に過ごすということだったのに、ここに一人でいる理由だよ」

「それは……」彼女はお茶の葉をポットに入れた。何一つ言うべき言葉が思い浮かばない。

「きみは姉さんのところに泊まると言っていた。それなのにここにいるじゃないか」

「ええ、それは……」メリー・ジェーンは言いかけたが、もどかしげな声にさえぎられた。

「頼むから〝ええ、それは……〟と言うのをやめてくれ。本当のことを言ってほしい」

メリー・ジェーンは手荒にポットをテーブルに置いた。「いつも真実を言ってるわ」彼の冷たい視線が目に入る。「それは、ほとんどいつも……」

メリー・ジェーンはサー・トマスの向かい側に座ってお茶をいれ、彼にスコーンの皿を渡した。

メリー・ジェーンは守りから攻撃に転じることにした。「なぜあなたはロンドンにいないの？」

彼の険しい口元がぴくりと動いた。「クリスマスはほとんど母のところにいた。これからロンドンへ帰るところだ」

「方向が逆だわ」

「でしゃばるのはやめてくれ。自分の行く方向はよくわかっているよ。ぼくの言うことはつじつまが合わないというのなら、きみはたぶんぼくの質問に答えられるんだろうね」

「そんなことをする必要なんか……」

「フェリシティはきみを、クリスマスにロンドンへ来るよう招いたのかい？」

「あなたとは関係ないわ」メリー・ジェーンが挑むように見る。彼はサー・トマス・ラティマーそのものの表情をしていた。穏やかで感情を見せず、質問には必ず答えを期待している顔だ。メリー・ジェーンは消え入りそうな声で言った。「招かなかったわ」そして愚かにもつけ加えた。「きっと忘れたのよ。彼女は友達が多いし、いつも忙しいから」

「彼女から何も便りがないのかい？」

「もちろんあったわ。ハロッズから箱詰めの贈り物を送ってきました。どっちみち、私はロンドンに行きたくなかったの。着るものもないし、姉の友達のように気のきいたことは言えないんですもの」

「それなら、なぜぼくに嘘をついたんだ？」

「それは……」

「もう一度〝それは……〟と言ったら、きみの肩をつかんで揺さぶるぞ」彼は楽しそうに言った。「言ってごらん。フェリシティのところに泊まったことがあるのかい？」

「実は、ありません」

「じゃ、なぜぼくに嘘をついた?」

「軽い嘘だわ」メリー・ジェーンは鋭く言った。「嘘は人を傷つけるけれど、罪のない嘘は役に立つこともあるでしょう。人に干渉されたくない時や、手を貸されても邪魔になるだけの時にね」彼女は心配そうにつけ加えた。「わかったかしら?」

「ああ、ごちゃごちゃしているがね。クリスマスにここに一人でいることを、なぜぼくに知られたくなかったんだい?」

「今言ったばかりよ」

「ぼくがフェリシティに恋をしていると思う?」

メリー・ジェーンは彼の顔を見た。「だれでも姉に夢中になるわ。きれいだし、一緒にいて楽しいし、有名ですもの。姉ははがきをよこすたびに、あなたのことを書いているから、きっと親しくなったはずだわ。だから、あなたは姉を愛しているのよ」

「ぼくに義兄になってほしいのかい? メリー・ジェーン」

彼が義兄になるなんていやだ。夫になってほしい――よりによって、なぜこんな時に、突然それに気づいたのだろう? 彼の前でまるで証人台に立ったように尋問されている時に。本当は、テーブルを回って彼の首にしがみつき、愛していると告白したい。何か言わなくては。彼がじっと見ている。

「ええ、ええ。すばらしいでしょうね」メリー・ジェーンは顔を見られないように、かがんでワトソンを軽くたたいた。サー・トマスが立ち上がったので、彼女はほっとした。

「さあ、帰らなくては」彼はさらりとつけ加えた。「フェリシティに会ったら、よろしく言おうか？」

「お願いします」メリー・ジェーンは彼を戸口まで送って手を差し出した。「運転に気をつけてね。さよなら、サー・トマス」

彼はドアに手をかけて、立ち止まった。「覚えておいたほうがいいよ。恋をするのと、愛するのとはまったく違うことなんだ。じゃ、さよなら」

彼はワトソンをわきに乗せて走り去り、メリー・ジェーンは台所に戻って、片づけを始めた。理由もないのに泣くなんておかしいわ。そう思いながら、涙が止まらない。

メリー・ジェーンは涙をふいた。今日のことは忘れなければいけないわ。よほど必要でないかぎり、彼とは会わないように気をつけよう。

喫茶店には、数日間一人の客もなかった。メリー・ジェーンは家の雑用をして過ごした。せっせと食器棚や引き出しを掃除し、来年の予定を立てる。もう少し仕事を広げて、温かいランチを出したほうがいいだろうか？　でも、だれも食べる人がいなかったら？　あまった食事をむだにするゆとりはないし、冷凍庫には最小限必要なものしか入らない。以前フェリシティが立ち寄って、半分笑いながら言ったことがある。コテージを売って、ほかの訓練を受けたらいいと。メリー・ジェーンが何をするのかと尋ねると、姉はのんきに答えた。「さあ、わからないわ。何か家庭的なことよ。子供を看護するとか、役に立つこと。病院の栄養士でも、ソーシャルワーカーでもいいわ。とにかく人に会えるでしょう。この村が死んだようなものだって、気がつかなかったの？」

メリー・ジェーンはそのやりとりをはっきりと思い出し、真剣に考えてみたが、やはりフェリシティの言った仕事はしたくないと結論を出した。それにこの村は死んでないわ。静かなのはたしかだけれど、みんながお互いをよく知っている……。

ミセス・ベネットが来たのは十二月最後の日だった。急ぎ足で入ってきたが、愛想のい い顔に笑みがこぼれている。「あなたが家にいて本当によかったわ。今夜楽しい予定が入っていないといいんだけれど。あなたを迎えに来たのよ。新年を迎えるために」

彼女は腰を下ろし、メリー・ジェーンも向かい側に座った。「ご親切にありがとうございます、ミセス・ベネット。でも、無理じゃないかしら。ブリンブルがいるから、また戻ってこないと……」

ミセス・ベネットは気にしなかった。「コーヒーをいれてね。二人で相談しましょうよ」

彼女はコートのボタンを外し、椅子に深々と腰を下ろして言った。「七時半ごろ、だれかに迎えに来させるわ。食事は八時半よ。夜中の十二時を過ぎたら、すぐまただれかに送らせるわね。親しい友達と家族だけの内輪の集まりなのよ」彼女はあたりを見回し、強い口調でつけ加えた。「一人でここにいるなんて、とんでもないわ。お姉さんは一緒じゃないの？」

メリー・ジェーンはコーヒーを運び、砂糖とミルクを勧めた。「ええ、国内にいるかどうかわからないんです。あちこち飛び回っているので」

「それなら決まったわ」ミセス・ベネットは満足そうに言った。「パーティの時のあのかわいいドレスを着てきてね。きっとみんなお祭り気分だと思うの」

「ぜひうかがわせていただきます。送り迎えしてくださるのがご迷惑でなければ。本当にグレーのドレスでかまいませんか？」

「もちろんよ。さあ、帰って今夜の支度が整っているか、確かめなきゃならないわ」

メリー・ジェーンは一分もむだにしなかった。整理するつもりだった食器棚の中身を乱雑にもとに戻し、今夜の準備を始めた。髪を洗い、顔にしみやにきびがないか調べる。大丈夫、ほとんど化粧のいらないきれいな肌だ。化粧品を買うゆとりのない身には助かる。

予定よりずっと早く支度ができた。陽気なノックの音に、階下に下りてドアを開けると、パーティの時も来てくれた家族だった。騒々しいほど親しく迎えられ、メリー・ジェーンはコートをつかんでブリンブルに行ってきますと言うと、後ろの二人の少女の間に乗り込んだ。彼らは、今夜のは小人数でとても面白い集まりだと教えてくれた。クリスマスパーティほどではないけれど、ミセス・ベネットはいつもすばらしい食事とたっぷりの飲み物を用意してくれるそうだ。

ディナーは十六人だった。メリー・ジェーンは顔見知りにはさまれていた。一人はミセス・ベネットの甥らしい競馬好きのマット、もう一人は例の医学生だ。二人ともすっかりお祭り気分で、話題にこと欠かない。ディナーは延々と続き、コーヒーが出たのは十一時近くだった。そのころには、さらに大勢の人が集まってきた。メリー・ジェーンは、赤ら顔の年配の男性が説明する薔薇の根おおいの効用に耳を傾けながら、サー・トマスが来るかとそっとあちこちに視線を走らせた。

彼は落ち着き払い、ディナージャケットをぴったり着こなして、真夜中にあと五分という時に到着した。彼は、シャンパンのグラスを受け取り、客の間を縫ってメリー・ジェーンのほうへ歩いてきた。

7

メリー・ジェーンはサー・トマスの姿を見て、また会えたうれしさにすべてを忘れた。顔が青ざめるのが自分でもわかる。胸がどきどきして、持っているグラスがひどく揺れた。彼はメリー・ジェーンのそばまで来るとグラスを取り、やあと言ってから言い添えた。

「今夜ぼくが来ないと思った？」

彼がほほえんでいる。あなたに会えてうれしいわ。メリー・ジェーンは危うく言いそうになるのを、どうにか抑えた。「ええ。ロンドンからは遠いし、きっと患者さんは多いでしょうし、それに今夜はあちらでいろいろご招待されていたんでしょう」

「ああ、たしかに。でも今夜は母と一緒に過ごしたくてね。母も連れてきたんだよ」

メリー・ジェーンはぼうっとしたまま言った。「フェリシティはロンドンじゃないの？」

彼はまだ笑顔だったが、目は冷たかった。「ああ、きみによろしくって」口には出さなかったが、フェリシティに大きなホテルで開かれるパーティに連れていってと頼まれたのだ。母の家に行くからと言い訳をすると、彼女は鋭く言ったのだった。

〝なんてつまらないのかしら。まさかメリー・ジェーンに会わないとは思うけれど、もし妹を知っている人に会ったら、よろしく伝えるよう言ってね〟

メリー・ジェーンはうつろな声で言った。「姉が来られなくて残念……」だが、最後まで言えなかった。大時計が時報を打ち始め、まわりが急に静まり返ったからだ。最後の音とともに〝新年おめでとう!〟の叫びがあがり、シャンパンが抜かれ、みんなだれ彼となくキスをした。メリー・ジェーンはすぐそばの穏やかな顔に心をこめて言った。

「あなたの新しい年が幸せでありますように」

彼はにっこりした。「ぼくたち二人ともそうなるように」彼はかがんでメリー・ジェーンにキスをした。見た目にはわからなかったが、とおり一ぺんの軽いものではなく、すばやく激しいキスだった。メリー・ジェーンは苦しくなったが、一息つく間もなく、マットに引き離され、次々とすべての男性にキスをされた。彼女がようやく解放された時、ミセス・ラティマーがそばにいた。

「新年おめでとう」彼女は言った。「楽しそうでよかったこと。あなたの生活は静かすぎるものね」

メリー・ジェーンも新年の挨拶(あいさつ)を返した。「さっきサー・トマスと話していたんですよ」そう言いながら、彼のキスを思い出して真っ赤になる。

「あの子は今夜早く帰ってきて、明日の早朝には戻るんですって。ここに来ようと決めていたのね」

「サー・トマスは働きすぎです」メリー・ジェーンはまた赤くなり、ひどく当惑した。「疲れてしまうんじゃないかと思って……。あら、私が口を出すことじゃありませんね。ごめんなさい」

「あなたの言うとおり、今あの子は仕事がすべてなの。でも結婚したら、奥さんや子供を優先するでしょう」

そのことを考えるだけで、メリー・ジェーンは胸が痛んだ。彼女はあいまいにあいづちを打ち、ミセス・ベネットを捜さなくてはと言って、別れを告げた。「十二時を過ぎたらだれかに送らせるって、ご親切におっしゃってくださったんです」

ミセス・ベネットは部屋の反対側でサー・トマスと話していた。彼女はメリー・ジェーンが近づくと言った。「そこだったのね。もう帰らなきゃならないのは残念だわ。楽しかった?」

「すばらしい夜でしたわ。ありがとうございました。コートを取ってきて、廊下で待っています。みなさんによろしくおっしゃってくださいますか?」

「もちろんよ。サー・トマスが送っていくわ」

「あら、でもミセス・ラティマーがいらっしゃるから、あなたは戻ってこないといけないわ」メリー・ジェーンが彼を見て言うと、笑みが返ってきた。

「母はあとでエリオットが送っていく」彼は静かに言った。

メリー・ジェーンは彼と議論などできなかった。コートを取ってきて、一言も言わずにロールスロイスに乗り、村を出ると、彼女は初めて口を開いた。「せっかくの夜を中断させてごめんなさいね」

彼は冷ややかに答えた。「とんでもない。あそこにいる気はなかったし、帰る前にきみを送っていくのは、大した寄り道じゃないんだ」

にべもない言い方で返事のしようもなかったが、あまり沈黙が続くので、メリー・ジェーンはまた話しかけた。「ワトソンは連れてきたの？」

「いいや、一晩だけ留守番させた。明日帰って散歩に連れていく。トレンブルが世話をしているよ」

「あなたは疲れないかしら？」メリー・ジェーンはそう言って急いでつけ加えた。「おせっかいをやくつもりはないけど」

「気にかけてもらってありがたいよ。明日は手術はないし、午後診察する患者も少ないんだ」

ウィットに富んだ会話とはとても言えない。今度はかなり長く沈黙が続いた。しばらくしてメリー・ジェーンは思いきって言ってみた。「すてきなパーティだったわね」

彼は穏やかに言った。「ありきたりの話はやめてくれないか、メリー・ジェーン」

「喜んでやめるわ」彼女はきっぱり言い返した。「おつき合いの気配りを知らない人に、礼儀正しくするほど退屈なことはないから」言葉を切って、腹立たしげに息をのむ。なかなかいいせりふだと思ったが、あけすけに言いすぎたかと、だんだん気になってきた。彼の低い笑い声はなんの手がかりにもならない。メリー・ジェーンは横を向いて、外の暗闇(くらやみ)を眺めた。

私の理性はどこへ行ってしまったの？　なぜこんなむっつりした男性に恋をしてしまったのだろう？　彼は私にまるで興味を示さないのに。コテージに入ってドアを閉めた瞬間、彼のことはすぐ忘れよう。

サー・トマスは小さな玄関に車を寄せ、助手席のドアを開けてくれた。彼は戸口まで来て、喫茶室に明かりをつけて言った。「お茶を一杯もらえるとありがたいな」

「だめよ」メリー・ジェーンはそっけなく言った。「送ってくれてありがとう。送ってくれないほうがよかったけど」

彼女はドアに手をかけ、サー・トマスに帰るようにうながしたが、むだだった。ドアはそれほど頑丈ではないし、彼が大木のように動かなかったのだ。

サー・トマスが急に笑い出したので、メリー・ジェーンは鋭く尋ねた。「なぜ笑うの？」

「話しても、きみは信じないだろうな。メリー・ジェーン、なぜ送らないほうがよかったんだい？」

「言えないわ」メリー・ジェーンはまじめに答え、手を差し出した。「失礼だったらごめんなさい」

彼はその手を両手ではさんだ。「おやすみ、メリー・ジェーン」

とても優しい笑顔に、彼女は泣きたくなった。

サー・トマスは出ていき、車は走り去った。メリー・ジェーンは鍵をかけ、ブリンブルにおまけの夕食を食べさせてからベッドに入った。

また一年が始まるんだわ。メリー・ジェーンは湯たんぽとブリンブルの小さな体で温まったベッドの中でそう考えた。どんな年になるのかしら。

意外にも新年早々に来たのはフェリシティだった。ベンツの助手席に座り、目の下がたるんだ少し太めの青年と一緒だった。フェリシティは喫茶店のドアを派手なしぐさで開けた。

「おめでとうを言いに来たのよ」彼女は大声で言って見回した。狭い店にいるのはメリー・ジェーン一人だけだった。彼女はちょうどカウンターのそばに膝をつき、はがれたリノリュームの切れ端を金槌で打ちつけていた。メリー・ジェーンが立ち上がって振り向くと、連れの青年が言った。

「おやおや、これがきみの妹かい？」

メリー・ジェーンは彼を眺めた。こんな言い方をされては、美しい友情が生まれるはずないわ。そう思ったが、丁重に挨拶し、姉の頬にキスをしてから説明した。「春の大掃除をしているところなの」

「まあ、大変じゃないの。この近所に清掃係かだれかいないの?」

フェリシティはオートクチュールのスーツの上にはおったカシミヤのショールを取った。返事をするほどのこともない。「コーヒーはいかが?」メリー・ジェーンはテーブルの上にさかさに置いた椅子を手で示した。「座りたいのなら、すぐに下ろせるわよ」

「彼はモンティよ」フェリシティはぞんざいに言った。「さあ、椅子を下ろしてちょうだい」

モンティは椅子どころかお茶のカップさえ持ち上げられそうもない。彼は実際いやそうに椅子を下ろした。

メリー・ジェーンは姉に尋ねた。「どこかに行く途中なの?」

「ドライブよ。新年は町の中は退屈だし、来週まで仕事の予定がないの。そのあとはスペインよ。私には太陽と暖かな気候が必要だわ」

メリー・ジェーンは聞き流して、トレーをテーブルに運び、二人にコーヒーをいれた。なぜフェリシティが来たのか不思議だったが、すぐに謎(なぞ)は解けた。

「最近トマスに会った?」フェリシティは尋ねた。「会ってないとは思うけれど、噂(うわさ)ぐらい耳に入るでしょう？　彼のお母さんの家はここからそう遠くないのよね？　あなたが流感の時、大騒ぎだったわ」彼女は返事を待たずに続けた。「町では彼とよく会うの。つき合うにはすばらしい人だと思うわ」

「注意しろよ。ぼくの前だぞ」モンティが言った。

フェリシティは笑った。「もちろん、あなたはとても楽しいわ」彼女はテーブルごしに彼の腕を軽くたたいた。「でも、将来のことも考えなきゃ。私を大事にしてくれて、したいような暮らしをさせてくれるすてきで堅実な夫のことをね」

「ぼくを愛していると言ったじゃないか」モンティはぶつぶつ言った。二人とも私がそばにいるのを忘れたのかしら、とメリー・ジェーンはいぶかしく思った。

「もちろん愛しているわ、モンティ。裕福で有名な外科医と結婚しても、それは変わらないのよ」

メリー・ジェーンは台所へ行った。フェリシティはサー・トマスのことを言っているに違いない。もし姉一人なら、今のが冗談かどうかきけるのに、モンティがいては無理だ。

喫茶室に戻ってみると、フェリシティはカシミヤのストールをかけていた。

「さあ、出かけるわ。オックスフォードのすてきなレストランでランチをとって、明るいうちに帰るの」彼女はメリー・ジェーンにキスをした。「陽光あふれるスペインからはがきを送るわね。トマスも誘ってみるわ。彼だって一、二日太陽に当たったほうがいいのよ」

モンティはメリー・ジェーンの手を握った。「きみたちが姉妹だとはどうしても思えないよ」彼の握手は頼りなかった。

メリー・ジェーンはドアに〈閉店しました〉の札をかけ、また大工仕事を始めた。いろいろな思いが頭を駆けめぐる。つらく腹立たしいことばかりだ。きっとサー・トマスはフェリシティに恋をするほど愚かではないわ。でも、彼がフェリシティを愛していないのなら、愛することと恋をするのは違うなどと言うかしら？　メリー・ジェーンは無理やり彼のことを頭から追い出した。

二、三日すると客がぽつぽつ来始めた。ポター姉妹がお決まりの日にお茶を飲みにやってきたし、村の女性たちが一月のバーゲンの行き帰りに立ち寄った。ふだんの生活が戻ってきた。メリー・ジェーンはサー・トマスのことは考えないように努力したが、なかなかむずかしかった。

フェリシティからはがきが来た。〈天気は最高よ。あと一週間滞在の予定。彼が日曜に帰ってしまうのが残念。頑張ってね〉

メリー・ジェーンは最後の言葉は無視した。頑張るほかないからだ。だが、ほかの部分に顔をしかめた。フェリシティはサー・トマスをスペイン行きに誘うと言っていたが、どうやら成功したらしい。

「賢い人ほど、愚かにもなれるらしいわね」メリー・ジェーンは苦い口調で言った。

土曜の朝、コーヒーカップを出していると、店の前にバイクが三台止まり、黒い革ジャンを着た若い男性が店に入ってきた。彼らは声高にしゃべりながら、ヘルメットをテーブルの上に投げ出し、椅子に腰かけた。近くで見かけない顔だ。メリー・ジェーンをじろじろ見ているので彼女は不安になった。

「コーヒーですか？　食べるものは？」

「コーヒーがいい。それと、なんでもあるもの」一人が笑った。「このむさ苦しいとこじゃ、大したものはなさそうだが」ほかの二人も声を合わせて笑った。

メリー・ジェーンは台所へコーヒーをいれに行った。まず、ブリンブルを抱いて階段に上げ、ドアを閉める。なぜそうしたのかはわからない。彼女は臆病なほうではないし、男たちはコーヒーを飲んだら帰るだろう。コーヒーをテーブルに置き、スコーンの皿を運んでから、台所に戻ってソーセージロールの粉を練る。そこから男たちが見えたが、彼らはすっかりおとなしくなった。頭を寄せ、低い声で話したり、忍び笑いをしたりしている。コーヒーの追加を頼み、十分後に椅子を乱暴に押して、ヘルメットをかぶった。メリー・ジェーンは内心ほっとしながら、勘定書を持っていった。差し出された男はそれを受け取らずに、彼女の手をぐっとつかんだ。

「あのまずいものに、金を払えっていうのか？」

「ええ」メリー・ジェーンは静かに言った。「それに手を放してください」

「しゃれた口をきくじゃないか。払わなかったらどうする気だい、横柄な姉さん？」

「払っていただきます。注文どおりコーヒーとスコーンを出したから、その分払っていただくわ」

「へえ、きつい口をきくんだな」彼は手に力をこめた。「一つ教えてやろうじゃないか」

三人はカップやコーヒーポットや皿を床に払い落とした。一人が陶器の破片を踏んで回り、粉々に砕く。続いて椅子が投げ出され、あとはテーブルだった。ドライフラワーの小さな花瓶は壁に投げつけられた。すべては無言のうちに行われた。

メリー・ジェーンはおびえていたが、ひどく憤慨もしていた。足を上げて、手をつかまえている男を蹴（け）った。革のブーツだから大して痛くないはずだが、相手は不意をつかれ、怒りでおかしくなってメリー・ジェーンの顔を自分のほうにねじ向けた。「こいつ……」

サー・トマスは週末を母の家で過ごす予定で、途中メリー・ジェーンを訪ねるところだった。喫茶店近くで車のスピードを落とし、バイクを見て止まった。車を降りると、両側のコテージから年配の人が心配そうに店をのぞいている。彼は狭い歩道を一足でまたぎ、勢いよくドアを開けた。いつもは感情を表に出さないのだが、メリー・ジェーンの蒼白（そうはく）な顔を見て、彼は思いきり怒りを爆発させた。

柔らかいソファの上で気絶してしまいたい――メリー・ジェーンはそう思ったが、カウンターににじり寄ってしがみついた。気絶などしていられない。サー・トマスは手いっぱいだったが、楽しんでもいるらしい。小さな部屋狭しと手足を振り回している。メリー・ジェーンをつかんでいた男は、サー・トマスの上等な靴でみごとに蹴り倒され、テーブルと椅子の残骸の上にどさりと落ちた。サー・トマスはほかの二人にかかった。無言で続けざまにパンチを繰り出す大男に威圧され、二人は隅に倒れている仲間のそばに集まった。一人になるのが不安だったのだ。

「一人でもその場を動いたら、体中の骨を折ってやる」サー・トマスはとびきり穏やかな声で言ってから、メリー・ジェーンに注意を向けた。「気絶はしないでくれよ。横になる場所がないんだから」

彼は優しく感情をまじえない声で言った。その声からは、彼女を抱き上げ車で連れ去って二度と手放したくないという熱い思いはわからなかった。

「すぐ警官が来るだろう。だれかが気づいて、知らせたはずだ」彼はメリー・ジェーンを見つめた。「台所から椅子を持ってこようか」

メリー・ジェーンはその時だれかが戸口に近づくのにぼんやり気づいた。教会近くのコテージに息子二人と住んでいる老人のロブだった。「コーツの子供が何かおかしいと知らせにきたんだ。すぐ警官が来る。うちの息子たちもだ」彼は隅に集まった三人を眺め、サー・トマスに鋭い目を向けた。「あんたがやっつけたのか？　大したもんだ」

　警官とロブの二人の息子、それに牧師が一緒にやってきたが、メリー・ジェーンはもうどうでもよかった。ほしいのは一杯のお茶だけだ。彼女は牧師がいれてくれたお茶を飲もうとしたが、歯の根が合わずにかなりこぼしてしまった。サー・トマスが警官の相手をしてくれたので、必要な質問以外は答えずにすんだ。やがて警官はステーションワゴンに三人を引き立てていった。

「火曜に署に来てもらいたいんですが」年長の警官が言った。「九時ではどうですか？　車は持っていますか？」

「ぼくがミス・シーモアを連れていきますよ」サー・トマスは感じのいい会釈をしてから、ロブを見た。「この人を上で休ませてくる間、少しここにいてもらえますか？」

「私はいやよ」メリー・ジェーンは不機嫌な声を出したが、何がしたいのか自分でもわからなかった。

「そうだね」サー・トマスはなだめるように言った。「三十分ほどでショックから立ち直ったら、またはっきり考えられるようになるよ。それにその手首を調べてみたい」

　頑丈な手で背中を押されて、メリー・ジェーンは二階に上がった。ブリンブルが狭い階段の上で心配そうに待っていた。その小さな顔を見たとたん、メリー・ジェーンの目にどっと涙があふれた。彼女はしゃくり上げながら、サー・トマスの肩ですすり泣いた。彼は辛抱強く待ち、ハンカチを渡しながら、泣けばさっぱりするだろうと思い、ベッドのキルトをめくった。

「三十分したら戻ってくるよ」彼はメリー・ジェーンにキルトをかけ、ブリンブルをベッドに入れた。

階下ではロブと息子たちが待っていた。

「手を貸してもらいたいんですが」サー・トマスは数分間話をした。ロブがうなずくと、彼は金を渡し、三人は帰っていった。それを見送ってから、ずっと待っていたワトソンを車から出した。店に戻って、足音を忍ばせて階段を上がる。

メリー・ジェーンは眠っていた。口を少し開けている。少し顔色がよくなったが、泣いたので鼻が赤い。サー・トマスは愛情のこもった目でじっと眺めてから、キルトから出ている手に注意を向けた。手首は色が変わり、少しはれている。男が乱暴な扱いをしたのだろう。彼は全身を揺さぶる怒りを抑えて座り、メリー・ジェーンが目を覚ますのを待った。

やがて彼女は目を開け、美しく輝く瞳が現れた。サー・トマスはしばらく見とれていた。

「気分はよくなった？　手首を見せてほしいんだ。痛むかい？」

「ええ」彼女は体を起こし、キルトをはねのけた。「でも、もう大丈夫。助けてくれて本当にありがとう。あなたを引き止めてはいけないわ」

彼は手首を調べた。「これはひどい。さしあたり包帯を巻いておいて、あとでなんとかしよう。バッグに荷物を詰めることができるかい？　母のところへ連れていくよ。あそこで二、三日過ごすといい」

　メリー・ジェーンはきちんと座り直した。「とんでもない。たくさんすることがあるの。手伝いを頼んで店を片づけて、テーブルや椅子や食器をそろえなきゃ」彼女は言葉を切った。必要な物を買う貯えはないが、店は生計の手段だから買わないわけにはいかない。だれからお金を借りよう？　オリバーからでないことはたしかだ。フェリシティはどうだろう。彼女は事情を聞けば助けてくれるかもしれない。

　サー・トマスは彼女の考えていることを察し、元気づけた。「今日明日は何もできることはない」そして、あいまいにつけ加えた。「警察に行かなければならないよ。それに、まず何から始めるか、少し時間をかけて決めたほうがいい」

「でも、あなたのお母さまが……」

「きみに会えたら喜ぶよ」彼は立ち上がって、衣装戸棚の上のスーツケースを下ろした。

「ブリンブルのバスケットは下だね？　きみが荷造りする間に持ってこよう。一週間分でいいだろう。だれかに伝言をしておこうか？　ミルクはどうしよう？」

「隣のミセス・アダムズが断ってくれるわ。それから冷蔵庫の中に食べ物が……」

「ぼくにまかせてくれ」

　メリー・ジェーンはスーツに着替え、ジャージーのドレスや下着、ガウン、わずかな化粧品を詰めた。それから髪をざっととかし、スカーフと手袋、よく磨いた流行遅れの黒いパンプスを出す。そして引き出しの奥を探って、万一のための数ポンドを出した。その時サー・トマスが準備ができたかどうか、階段を上って見に来た。彼がスーツケースを持ち、メリー・ジェーンはブリンブルを抱き上げ、階下に下りてバスケットに入れた。見回す暇もなく、彼女は廃墟（はいきょ）のような喫茶店から連れ出され、車に押し込まれた。犬と猫を後ろの座席に乗せ、サー・トマスは鍵をかけに行った。

「ミセス・アダムズに鍵を預けておくといいかもしれない」彼にそう言われて、メリー・ジェーンはすぐ同意した。頭の中はお金のやりくりのことでいっぱいだった。

だれかが窓をたたく音に、彼女は振り向いた。牧師だった。牧師の妹のミス・ケンブルやミセス・ストークもいる。村の商店の女主人も通りを駆けてきた。メリー・ジェーンが窓を開けると、同情の言葉がいっせいに飛び込んできた。

「私たちが助けに来られればよかったのに」ミス・ケンブルが言った。

「牧師さんが来てくださってありがたかったわ。ちょっとショックだったけれど……」

商店の女主人はミセス・ストークの後ろから頭を出した。「まったくひどいわ。最近はだれも安全でいられないのね。ドクターが居合わせて、お母さんのところに連れてってくれるときいてほっとしたわ。よく休んでらっしゃい。お店はまたきれいになるから、心配しないのよ」

サー・トマスが車に戻ってくると、みんなが取り囲んだ。彼らとしばらく話をしてから、サー・トマスは車に乗り、手を上げて挨拶をし、車を出した。

「きみの牧師は気に入ったが、あの妹はすごく怖いね」

メリー・ジェーンは笑い出した。彼はそれをねらっていたのだった。

彼はひどい出来事のことは話題に出さず、次から次へと話をした。メリー・ジェーンは礼儀上答えないわけにはいかなかった。

ミセス・ラティマーは心から喜んでくれたが、なぜ来たのかは尋ねなかった。「この前と同じ部屋を用意してあるわ。かわいい猫ちゃんも連れてきたでしょうね?」彼女は言葉を切って、息子のキスに頬を寄せた。「すぐ部屋に行ったほうがいいかしら。昼食は十分ほどでできるわ。下りてきたら、まず何か飲み物を出しましょうね」

メリー・ジェーンは温かい歓迎を受けた。廊下に出てきたミセス・ビーバーは優しい笑顔で喜んでいる。まるで自分の家に帰ってきたみたい。メリー・ジェーンはそう考えながら、ミセス・ビーバーのあとから、軽い足取りで階段を上がった。

昼食ではだれも朝の出来事を口にしなかった。話題は村のこと、サー・トマスが予定している中東への旅行のこと、ミセス・ラティマーがロンドンに買い物に行ったほうがいいかどうかなどだった。みんなが話に仲間入りさせようとしてくれるので、メリー・ジェーンも勇気を出してサー・トマスに尋ねてみた。「長い間お留守になるの?」

「うまくいけば一週間ほど出かけられるんだが、たぶんもっと短いだろうね。なるべく早く帰りたい理由がいくつかあるんだ」

一つはフェリシティかしら、とメリー・ジェーンは想像した。

ミセス・ラティマーが同じことを考えていたかのように尋ねた。「最近あの魅力的なお姉さんに会うことはあるの、メリー・ジェーン？」

「いいえ。居場所がはっきりしなくて……。スペインへ行ったんですが、それがいつまでか知らないんです」

サー・トマスは椅子にもたれ、メリー・ジェーンを眺めてさりげなく言った。「ロンドンにいるよ」

愛は人を傷つけるというのは本当だわ、とメリー・ジェーンは考えた。ナイフで切り裂かれるようなこの苦しみと一緒に生きていかなくてはいけないのね。

「会いに行きたいんじゃないのかい？」

メリー・ジェーンはあわてて否定した。「いいえ、会うことはないわ。姉はいつも……仕事で忙しいから、時間が作れないと思うの」

彼女が顔を赤くするのを見て、サー・トマスは穏やかに言った。「フェリシティはあまりきみを助けてくれそうもないね」

その時、ミセス・ラティマーが居間でコーヒーにしたらと言ったので、メリー・ジェーンはほっとして立ち上がった。

コーヒーを飲み、暖炉の前で気持よく座っていると、サー・トマスが出し抜けに尋ねた。

「お金は持っているかい、メリー・ジェーン?」

不意をつかれて小さな嘘を考える暇もなかった。それに嘘を言ってなんになるだろう?

「持っていないわ。今あるのはコテージに隠しておいた数ポンドだけです。それに郵便局に四十ポンド預けてあるわ」彼女はなんとか笑顔を作り、あわててつけ加えた。「いくらかは借りられるだろうし。村に友達がいるから」

「それはよかった。さっきも言ったとおり、一、二日は何もすることがないし、手首のレントゲンを撮ったほうがいいと思うから、月曜の朝ぼくと一緒に町へ行こう。ぼくは一日手術にかかりきりだが、夜になったらここに連れて戻れる。むこうでは、だれかにぼくの家まで送ってもらえるから、夜までミセス・トレンブルが面倒を見てくれるよ」彼はほほえんだ。「反対するつもりらしいが、やめてほしい。ぼくには少しも面倒じゃないから」

「少し痛むだけなのに」

「骨にひびが入っているかもしれない」彼は包帯を巻いた手をちらと見て、穏やかに尋ねた。「あの男に何をしたんだい?」

「足で蹴ったの」

「当然だわ」ミセス・ラティマーが言った。「私だって同じことをしたでしょうね」

やがてサー・トマスが電話をかけに席を立つと、ミセス・ラティマーは思いやりをこめて言った。

「もしいやでなかったら、何があったのか聞かせてちょうだい。あなたって本当に勇敢だったのね。私だったらとても料金を請求できないところよ」

メリー・ジェーンは話して聞かせた。話しているうちに、考えていたほど恐ろしくないような気がしてくる。借金をして店を再開する問題は、今のところ解決の糸口はないが、夫人が言うように、思わぬ道が開けることもある。ミセス・ラティマーは楽天的なことを言って励ましたあと、メリー・ジェーンを家の裏にある温室に連れていき、椿（つばき）が二本満開になっているのを見せた。

再び三人が暖炉のまわりでお茶を飲みながらおしゃべりをしていると、サー・トマスに電話がかかってきた。ミセス・ラティマーはメリー・ジェーンに荷物を解くように勧めた。メリー・ジェーンはブリンブルを抱き上げて部屋に上がった。夕食まで少し間があるし、母と息子だけになりたいかもしれないと思ったからだった。彼女は部屋の中で、鏡を前にしていろいろな髪型をためしながら過ごした。だが、少しも美人に見えないのにがっかりして、いつものようにピンで留め、口紅をつけ、パウダーをはたいた。夕食の合図のどらが鳴ると、ベッドの上で眠っているブリンブルを残し、階下に下りていった。

サー・トマスと母親は居間にいた。彼はすぐ立ち上がってメリー・ジェーンに座るように勧め、飲み物は何にするか尋ねた。

「でも、もう食事の時間でしょう」

彼はほほえんだ。「夕食が五分遅れたって、別に腐りはしないと思うよ。きみは眠ったのかい？」

ミセス・ラティマーも慰めるように言った。「あの大騒ぎですもの、今夜は早く寝なくてはいけないわ」

食事が始まると、メリー・ジェーンは空腹だったことに気づいた。マッシュルームのガーリックソースあえもビーフのフォアグラ包みも、カスタードのデザートもおいしかった。会話にも心が配られ、つらかった今朝のことは決して話題に出なかった。

テーブルを立つ時、サー・トマスがさりげなく言った。「明日散歩に行こうか？　ぼくはこの季節に歩くのが楽しみだけれど、きみは好きかい？」

「ええ、好きよ」彼と一緒にいられるかと思うと頬が赤くなる。「ぜひ行ってみたいわ」

「よかった。じゃ昼食のあとで。午前中は教会に行くんだ。よかったら一緒に行かないかい？」

「行きたいわ」

「それはすばらしい。月曜の朝にきみの予約を取っておいた。九時半だよ。ここを七時には出なくてはならないな。ぼくは十時から手術があるんだ」

「私は早起きよ。だれかブリンブルにえさをやってくださるかしら？」

「大丈夫よ」ミセス・ラティマーが刺繍(ししゅう)の針を運びながら言った。「ミセス・ビーバーと私で気をつけるわ。トマス、あなたは仕事を持って帰ってきたの？」

「実はそうなんだ。今度のセミナーで論文を発表するんだよ」

「それなら、読むなり書くなり、なんでもしていらっしゃい。メリー・ジェーンと私は話があるの。ミセス・ベネットの娘さんのことを教えてあげたいのよ。最近婚約してね」

その夜は楽しく過ぎていった。サー・トマスは一時間後にまた姿を見せ、しばらくすると、とても優しい口調で言った。「もう、眠りたいんじゃないかな。今夜はきみには退屈だっただろうね」

「とんでもない。とても楽しかったわ」パンを焼いたり、テーブルや椅子を磨いたりしても、たった一人で毎晩過ごすのはどんな気持がするか、彼には想像できないだろう。彼は夜、友達と劇場に行ったり、外で食事をしたりしているに違いない。フェリシティとも会っているのだろう。

メリー・ジェーンの悲しそうな顔を、サー・トマスは考えるようにじっと見つめた。なぜ悲しいのかきいてみたい。だが、彼女が好意を感じていないとしたら、美しい目で冷ややかに見返され、つぶやくように返事されるだけだ。サー・トマスはメリー・ジェーンが彼を好きなのかどうか、まだ自信がなかった。彼女は二人の間に見えない壁を築いている。

じっと辛抱するほかなかった。

メリー・ジェーンはよく眠った。朝、ミセス・ビーバーはお茶のトレーを持って起こしに来ると、天気はいいけれどとても寒いと教えてくれた。「三十分で朝食です。厚着して出かけたほうがいいですよ。教会は冷蔵庫みたいに冷えるから」

メリー・ジェーンはその夜、心地よいベッドに横たわり、一日のことを思い返した。期待以上にすばらしい日だった。朝、三人で教会へ行った。昼食のあとは、サー・トマスと散歩に出かけた。残念ながら、話題はかなり退屈だった。メリー・ジェーンはフェリシティの話をしたいと思ったが、勇気が出なかった。喫茶店のことも、サー・トマスが口に出さないので、メリー・ジェーンも話せなかった。ともかく彼は、もう十分に助けてくれたのだ。私は一人前だし、一人暮らしになれているから、借金やペンキ塗りや壁紙張りなどはなんとかなる。これまで彼は優しく親切にしてくれた。でも、私は彼に選ばれるような娘ではないのだ。明日の朝は彼とロンドンへ行き、必要とは思えないが、手首のレントゲン写真を撮ってもらう。でも、ここに戻ったらすぐ、コテージに帰ろう。そうすれば二度と彼に会わなくてすむ。

メリー・ジェーンは悲しい気持で眠りに落ちたが、明け方目が覚めて、突然将来が不安になった。再出発するのは大変だし、サー・トマスと二度と会えなくなるのはもっとつらい。さらに悪いのは、もし彼がフェリシティと結婚したら、時々顔を合わせなくてはならないことだった。

8

次の朝はまだ暗いうちに出かけた。朝食をすませ、一刻もむだにせず、うとうとしているワトソンを後ろの座席に乗せて出発する。ミセス・ビーバーだけが見送った。ロンドン郊外に着くまで道はすいていた。二人は心休まる沈黙に身をまかせ、時々とりとめのない話をした。ロンドンの市街をゆっくりと走りながら、メリー・ジェーンは田舎に住んでいてよかったと思った。フェリシティはどうしてこんな騒音と雑踏の中に住めるのだろう？

メリー・ジェーンはふと口にした。

「あなたはロンドン暮らしが気に入っているの？」

「仕事の都合でここに住んでいるだけだ。いつでもできるかぎり逃げ出しているよ」

町の中心に入り、行く手に病院が見えてきた。玄関で車を降りると、彼はメリー・ジェーンを案内して、長いタイル張りの廊下をX線科へ向かった。そこで、彼女を看護師に預けた。

「あとでぼくの家で会おう」彼は去り際に言った。

「あら、あなたはここにいないの？」

「今から家に帰って、また戻ってくる。きみの面倒はだれかが見てくれる。そのあとはトレンブルが待っているよ」

もっとききたいことがあったが、看護師がじろじろ見ているし、彼もいら立ちを隠しているらしい。メリー・ジェーンはさよならを言って、看護師に従った。コートを脱ぎ、手首の包帯を取ってもらう。

X線技師は若くて親切だった。彼が、けがのいきさつを知っているのでメリー・ジェーンは驚いた。

「サー・トマスから電話があったんですよ」技師は快活に言った。「こちらも尋ねる必要があったし。勇敢な娘さんだって言っていましたよ。痛みはないですか？」

「痛いけれど、骨折はしてないと思います」

「でも、ひびが入っているかもしれない。さあ、レントゲンを撮りましょう。それを放射線医に診てもらって、なるべく早くサー・トマスに報告します」

撮影のあと、看護師にまた包帯を巻いてもらって、玄関ホールに案内された。

ずんぐりした男性が守衛と話していた。メリー・ジェーンがためらっていると、彼は近づいてきた。「ミス・シーモア、サー・トマスから家にご案内するよう頼まれています。執事のトレンブルです」

彼女は手を差し出した。「ありがとう。ご迷惑じゃないですか？」

「とんでもない。一緒においでください。家内がコーヒーを用意していますよ。サー・トマスから伝言がありました。今夜は遅くなるかもしれないが、一緒に夕食をとってから、ミセス・ラティマーのお宅にお連れするとのことです」

彼は先に立って前庭に出ると、メリー・ジェーンをジャガーに乗せた。

「どこへ行くんですか？」

「サー・トマスの家ですよ」彼は父親のような優しさで言った。「私たち夫婦がお世話をしているんです。住まいはリトル・ベニスで、静かないいところですよ。病院からも遠くないしね」

そこは閑静なところだった。川が近く、手入れの行き届いた家は、冬の日でも明るい感じがした。トレンブルはメリー・ジェーンを招き入れ、コートを受け取ると、ドアを開けた。

ミセス・ラティマーの家もすてきだが、ここの居間はさらにすばらしかった。赤々と燃える暖炉のかたわらにアームチェアが二つ、その間に赤褐色のベルベットの大きなソファが置かれている。両側の壁のマホガニーの飾り棚には磁器や銀器がたくさん並び、通りに面した窓には荘重なジョージ王朝様式の書斎机、その横に同時代の椅子が二つあった。

「お座りください。コーヒーをお持ちします」

トレンブルがいなくなると、メリー・ジェーンはのんびりと部屋を眺めて回った。やがて彼が戻ってきたので、椅子に座った。「サー・トマスからゆっくりしてほしいとのことです。よければ廊下の反対側の書斎もごらんください。あとで、家内が昼食は何がいいか、うかがいに来ます」

「気を遣わないでくださいね。きっとなんでもおいしいわ。お二人にお手間を取らせてすみません」

「とんでもない。おいでいただいて喜んでいますよ。ワトソンが退屈したようだったら、フランス窓を開けて、庭に出してやってください」

メリー・ジェーンは一人になり、コーヒーを飲み、ワトソンにビスケットをわけ、部屋の奥のフランス窓から外の庭を眺めた。高い煉瓦(れんが)の壁で囲まれた大きな庭で、どんよりした冬の日でも、都会の快いオアシスになっている。彼女がまた椅子に腰を下ろすと、ミセス・トレンブルが入ってきた。

背が高くてやせた女性で、髪型は地味だが、親しげな笑顔に賢そうな褐色の目をしている。「お昼はドーバーのいい舌びらめと手製のプディングがありますが、よろしいですか？　トレンブルがシェリーをお持ちします」

メリー・ジェーンは昼食の席につき、そのあと何か読むものを探しに書斎へ行った。書棚にぎっしり詰まっているのは、ほとんどサー・トマスの仕事関係の分厚い書物だったが、ロンドンの、この家のあるあたりの歴史の本を見つけたので、暖炉のそばに持って戻った。ロンドンについてほとんど知識がないし、そのような本からでも、サー・トマスの私生活についてもっと知ることができるかもしれないと思ったのだ。

日が暮れると、トレンブルがお茶を運んできて、赤いベルベットのカーテンを閉めた。お茶がすむと、メリー・ジェーンは暖炉のぬくもりと柔らかな明かりに眠くなり、目を閉じてうとうとした。人の声とワトソンの吠(ほ)える音に目が覚め、体を起こした時、サー・トマスが入ってきた。

メリー・ジェーンの心の中で、彼のことと、喫茶店の気がかりな将来のことが一日中まじり合っていた。穏やかで自信にあふれた彼の姿を見ると、メリー・ジェーンの心の中に幸せな気分が広がった。

その時フェリシティのことを思い出し、彼女は目を輝かせながらも、まじめな顔を作って出迎えた。

彼は優しい声で今日一日の様子をきいてから、ミセス・ラティマーの家に送っていくのが遅くなってしまったが、退屈しなかっただろうかと尋ねた。

「退屈だなんてとんでもない。楽しい一日だったわ。料理しないで食事できるうれしさは、あなたには想像がつかないでしょうね。それにおいしかったわ！　ミセス・トレンブルにお料理してもらえて、あなたは本当に恵まれているわね。私は一日何もしないで、ワトソンとのんびりしていたの」メリー・ジェーンは彼に明るい笑顔を向けた。「あなたは忙しかったんでしょうね」

彼は穏やかな声でそのとおりだったと言った。だが、長時間の手術、病棟の回診に外来患者の診察、昼食時間に飛び込んできた急患のことなどは、おくびにも出さなかった。

彼はメリー・ジェーンと向かい合って座った。彼女に飲み物をつぎ、手元のテーブルにウイスキーのグラスを置く。流行遅れの服を着て座っているメリー・ジェーンは、この家に似合っていた。この女性のいる家に帰れたら、どんなにいいだろう。だが、彼はため息とともにそんな思いを振り払った。彼女を妻にしたい。だが、それには彼女が愛してくれるのでなければならない。それなのに、彼女が好意を持ってくれているかどうかさえわからないのだ。たしかに感謝はしているが、それは愛情とは違う。

やがてトレンブルが夕食の案内に来た。メリー・ジェーンはサー・トマスの向かい側で、相変わらず世間話を続けながら、鮭(さけ)のムースやビーフパイ、ミセス・トレンブル特製のプディングを食べた。

上等の赤ワインに舌がほぐれ、食事の終わるころには、メリー・ジェーンは大胆になっていた。

「フェリシティとは会うの？　私の想像では……」

彼は柔らかく言った。「何を想像しているか知らないが、ぼくが姉さんに関心があるという考えは捨ててくれ。ぼくから望んで会ったことはない」

「あら、私の考え――つまりフェリシティの話では、あなたたちはうまくいっているって……」

「簡単に言えば、ぼくが姉さんを好きになった。そう言いたいのか？」彼は突然冷ややかな怒りを見せた。「きみの姉さんを追いかける気はないというのは本当だよ、メリー・ジェーン。ぼくはもうきれいな顔にだまされるような青二才ではない」

メリー・ジェーンは赤くなった。「怒らせたのならごめんなさい。私に関係なかったわ」

メリー・ジェーンはいぶかしげな顔のサー・トマスを見た。「あなたの私生活のことはね」

サー・トマスは、彼女がどんなに勘違いしているか言おうと思ったが、結局黙っていることにした。会話がとぎれた時、トレンブルがコーヒーを運んできた。彼が姿を消すと、メリー・ジェーンはワインのせいか、また向こう見ずなことを口走った。

「これまで恋をしたことがある？」

「十六のころから何回もね。それが普通だろう？」

「ええ、そうね。私は学生のころ体操の先生に憧(あこが)れたし、ピアノの調律に来た人も好きになったのよ。私が言いたかったのは、だれかと結婚したいと思ったかってこと……」

彼は優しく言った。「あるよ。きみはどう？」

「そうね、あるわ」

「ピアノの調律師かい？」彼は笑った。

メリー・ジェーンはあわてて否定して、なんとか笑ってみせた。彼は、私のことを愚かで無作法だと思ったに違いない。

メリー・ジェーンは快活に言った。「あなたは仕事と結婚していると言ってもよさそうね」

「たしかにすっかり時間を取られている」彼はちらと腕時計を見た。「ぼつぼつ出たほうがいいね」

メリー・ジェーンはさっと立った。「本当だわ。おしゃべりさせてごめんなさい。一日中忙しかったんでしょうに」

彼女はトレンブル夫婦に静かに別れを告げ、握手をした。またお目にかかりたいと言われて、わずかに顔をほころばす。「その機会はなさそうです」

サー・トマスは眠そうなワトソンを後ろに乗せて車を出した。

メリー・ジェーンはワインの余韻で、口が軽くなっていた。「ドライブするのが好きなの？」

「ああ。考え事をするのにいいからね。道がすいている夜のこの時間はとくにそうだ」

それを聞いて、メリー・ジェーンは黙った。サー・トマスが考え事をしたいのなら、邪魔したくない。それに、彼女にも考えることはたくさんあった。メリー・ジェーンはハンドルを握っている手から目をそらし、ヘッドライトに照らされた前方を眺めた。これなら彼が目に入らず、考えることに専念できる。

サー・トマスが沈黙を破り、明日の朝、警察の事情聴取があると言った。メリー・ジェーンはすっかり忘れていた。「警官が母の家に来て話を聞くように手配しておいた」

「ありがとう。忘れていたわ。警官がコテージまで送ってくれるかしら？　片づけを始めて、再開する支度をしなきゃ」だが実際は、再開する資金をどうして見つければいいのか、まるで思いつかなかった。

サー・トマスはぼそぼそと慰めの言葉らしいことをつぶやいてから、勢いよく言った。「きみが二、三日泊まってくれなかったら、母ががっかりする。それに手首は骨折ではないが、ティーカップより重いものを持ち上げるなんてとんでもないよ。ぼくの頼みを聞いて、あと二、三日待ってほしい。退屈かもしれないがね。土曜の朝にぼくが送っていくよ」

「あのすてきなお家で退屈するはずないわ。それにお母さまも本当に親切だし。母親がどんなにいいものか、私は忘れかけていたわ」

その声には沈んだ響きがあった。サー・トマスは車を止めて彼女を慰めたかったが、その思いを厳しく抑えて静かに言った。「よし。それで決まった」

家に着いた時は十時を回っていた。歓迎するように窓から明かりがもれ、ミセス・ラティマーが待っていた。ミセス・ビーバーもコーヒーとサンドイッチのトレーを持ってきた。

「ベッドが待っていますよ、メリー・ジェーン。ウェルチ巡査が九時ちょうどにここへ来るそうです」

メリー・ジェーンはおとなしくコーヒーを飲み、サンドイッチを食べた。サー・トマスと一緒にいたかったが、おやすみなさいと言った。

「朝になったら、あなたはきっといなくなっているでしょうね」メリー・ジェーンはドアのほうへ行きながら言った。

「十分ぐらいでいなくなるよ」彼が言った。

メリー・ジェーンは足を止めた。「今帰るの？　それはぜったいだめよ。一日中病院で働いて、ここへ運転してきて、また運転して帰るなんて」

彼は穏やかに言った。「夜運転するのは好きなんだ。家に着いたらすぐ寝るって約束するよ」

メリー・ジェーンは彼のコートの袖に手を置いた。「気をつけてね、トマス」

彼の伏せた目が輝いた。「よく気をつけるよ、メリー・ジェーン」彼は体をかがめてキスをした。すばやく激しいキスだった。彼女は燃えるような瞳でサー・トマスを見つめた。

「ああ、トマス」彼女はそうつぶやいて、廊下から二階へ駆け上がった。彼をトマスと呼んだことには気づいていなかった。

だが、夜中に目が覚めて思い出した。「私はばかね」メリー・ジェーンは足元に丸くなっているブリンブルに言った。「あの人がここにいなくてよかったわ。彼が戻ってくる前に、どうしても出ていかなければ」

だが、ミセス・ラティマーに滞在するよう優しく説得され、ミセス・ビーバーにはもっと太らなくてはと強硬に意見されると、メリー・ジェーンは反対できなかった。それに、何よりもウェルチ巡査がやってきて、帰る必要はないときっぱり言ったのだ。

「例の男たちは警察の処理が終わるまで、あと数日拘留することになっています。あなたは何もすることがありませんよ」

それで、メリー・ジェーンはすてきな古い屋敷にとどまり、ミセス・ラティマーの相手をしたり、ミセス・ビーバーが勧める栄養たっぷりの食事をしたり、サー・トマスについて新しい発見をしたりした。ミセス・ラティマーが家族のアルバムを見せてくれたのだ。メリー・ジェーンは、赤ちゃんや子供のころ、学生時代、そして爵位を受けるトマスの写真を眺めた。

「彼はなぜ爵位を受けたんですか？」メリー・ジェーンは尋ねた。

「世界中でいろいろ仕事をしたからよ。教えたり、病院を開設したり、講演をしたり、もちろん手術もしたわ。彼の父親も外科医だったのよ」

その日から数日の間に、メリー・ジェーンはサー・トマスのことをいろいろ知った。そして、土曜日までの間、彼のことをたくさん考えた。

朝、メリー・ジェーンはワトソンがにぎやかに吠える声で目が覚めた。間もなくミセス・ビーバーが朝のお茶を運んできた。

「サー・トマスは休養が足りませんね」彼女はカーテンを開けた。二月の朝はまだ薄暗い。「夜中に着いたのに、もう起きて外にいるんですから」

一人になると、メリー・ジェーンはベッドを出て窓の外をのぞいた。サー・トマスが庭の端でワトソンにボールを投げている。ミセス・ビーバーの意見はともかく、彼はよく休んで元気にあふれているように見えた。

メリー・ジェーンが朝食に下りていくと、彼はこだわりのない親しさでおはようと言ってから、朝食のあと出かけられるかと尋ねた。「何か計画を立てたかい？」

「店の片づけをするわ」メリー・ジェーンは努めて明るい声を出した。「それからチェルトナムへ行って、お金を借りようと思うの」

借金のことはくわしく言わなかったし、彼も尋ねなかった。メリー・ジェーンはいまだにどうしたらいいかわからないので、きかれないのがありがたかった。毎晩何時間も思いをめぐらし、不安な時を過ごしたが、彼女に名案はなかった。伯父の相続を扱った弁護士から助言をもらえなければ、フェリシティに頼むほかないだろう。

朝食が終わりかけたころ、ミセス・ラティマーも加わった。「寂しくなるわ」彼女はメリー・ジェーンに言った。「近いうちにまたいらっしゃい。もちろんブリンブルも一緒に。

体を大事にしてね。私もミセス・ベネットを連れて会いに行くつもりよ」

しばらくして二人は出かけた。ワトソンとブリンブルは後ろの座席で、メリー・ジェーンはサー・トマスの隣で黙っている。何も言うことがないような気がするし、外はまだ薄暗いので景色を楽しむこともできない。だが、気まずい沈黙ではなかった。話す必要がなかっただけだ。彼も黙って運転するのに満足らしいし、話題を探すこともなさそうだ。

店まであと少しという時、彼がふと言った。「来週は留守になる。オーストリアへ行くんだ。戻ってきたら会おう」

サー・トマスはメリー・ジェーンを見てほほえんだ。優しくて、どこか楽しそうだ。メリー・ジェーンは急いで目をそらし、何か言わなくてはと思った。「オーストリアへは行ったことがあるの？」

「何回かね。今度はウィーンでセミナーなんだ」

車は村道に入ってスピードを落とし、コテージの前で止まった。彼は車を降りて、ワトソンを外に出し、ブリンブルのバスケットに手を伸ばした。メリー・ジェーンは目を見張った。

「見て、だれかが外のペンキを塗ったのよ」

「そうらしいね」サー・トマスは大して興味もなさそうに、ポケットから鍵を出してドアを開けた。

メリー・ジェーンは急いで中に入って、その場に立ち尽くした。「中もだわ。壁を見てちょうだい。新しいカウンターにテーブルと椅子も……」彼女は振り向いてサー・トマスを見た。「知っていたの？　でも、どうして……払うお金もないのに」サー・トマスの表情は落ち着いている。「あなたなの？　あなたがすっかり手配したのね」

「ミスター・ロブと息子たちが全部したんだ。村にいるきみの友達がテーブルや椅子を集めた。村中の家が食器を提供したんじゃないかな」

「でも、計画したのはあなただわ。お金も払ってくれたのね？」メリー・ジェーンはこぼれるような笑顔になった。「ああ、サー・トマス、なんてお礼を言ったらいいかしら。もちろん、ほかの人たちにも。仕事を再開したらすぐに、きちんと返済するわ」

「きみはトマスと呼んでくれたよね」

「うっかりしていたの」メリー・ジェーンは真剣な顔で言った。「気を悪くしなかったでしょうね？」

「逆だよ。友達になってきたしるしだと思った」

メリー・ジェーンは彼の腕に手を置いた。「友達に決まっているじゃないの。これほど親切にしてもらったんですもの」彼女は背伸びしてサー・トマスの頬にキスをした。「あなたのことはぜったい忘れないわ」

「そう願っているよ」

彼の熱い視線を感じて、メリー・ジェーンは急いで言った。「コーヒーはいかが？　すぐできるわ」

彼は車にスーツケースを取りに行き、メリー・ジェーンはじれているブリンブルをバスケットから出し、やかんを火にかけた。台所のテーブルの上にはカップが並んでいる。冷蔵庫には開けていないビスケットの缶、ボウルに入った砂糖、それに牛乳も入っていた。サー・トマスが入ってくると、彼の後ろから牧師とその妹、ロブ老人と息子たち、女店主、それにポター姉妹も続いてやってきた。

「おかえりなさい！　メリー・ジェーン」いっせいに声があがった。彼女がコーヒーをいれ、みんなにカップを配る間、おしゃべりや笑い声がにぎやかに響いた。だれも急いで帰ろうとはしなかった。みんなが自分たちの頑張りを自賛し、メリー・ジェーンがこんなにふっくらして元気そうなのは見たことがないと言い合っている。

「サー・トマスがいなかったら、とてもこんなことはできなかったわ」ミス・エミリーがよく通る声で言った。「たちまちみんなをまとめたのよ」

残念なことにサー・トマスが帰る時間になった。握手とさよならがにぎやかに交わされ、メリー・ジェーンは彼と話す機会もなかった。それでも二人で外に出た。メリー・ジェーンは彼に手を取られ、寒さも忘れて歩道に立った。

「今は話せないが、それでいいのかもしれない、メリー・ジェーン。でも、きみに会いに来るよ。きみもぼくに会いたいと思っているかい？」

「ええ、もちろん。お願いよ、トマス！」

彼は、この前よりもっとすてきなキスをしてくれた。メリー・ジェーンはロールスロイスが消えるまで見守った。ミス・ケンブルが戸口から声をかけなかったら、立ったまま凍えていたかもしれない。

そのあと、牧師館の昼食に呼ばれた。メリー・ジェーンはミス・ケンブルからたっぷり忠告を受けた。メリー・ジェーンは耳を傾けて聞いているように見えたが、実はうわの空だった。サー・トマスのことで頭がいっぱいだったのだ。彼の言ったことやキスのことを何度も思い返していた。

メリー・ジェーンはコテージに戻ってブリンブルに約束した。私は分別を忘れないわ、少なくとも今度彼に会うまでは。だが、彼がまた会いたいと言ってくれたのを思い出すと、分別など忘れて空想の世界にひたってしまった。

次の朝は早起きして、床を磨き、カップを出し、スコーンを焼いた。日曜はお客が少ないので、旅行シーズン以外はあまり店を開けないのだが、今はなるべく早くもとの生活に戻りたかった。頑張っただけのことはあった。何台かの車が止まり、昼休みのあともまたお客が入った。いい前兆だわ、彼女は夕方、収入を計算しながら思った。

店を再開して数日間、幸運は続き、ぼつぼつだが絶え間なく客が訪れた。この調子ならサー・トマスへの返済を始められそうだ。いくらなのか見当もつかないが、たぶん何年もかかるに違いない。

木曜にオリバーが来た。彼はずかずかと店に入ってくるなり中を見回した。「この費用をだれが払ったんだ?」

パン菓子を作ろうと手を粉だらけにしていたメリー・ジェーンは、台所の戸口に立っていとこを見た。

「じゃあ、やはり聞いていたのね? あの事件のこと。牧師さんは知らせたと言っていたけれど……」

「もちろん、それが牧師の務めだからね」

メリー・ジェーンは小首をかしげた。「で、何をしてくれたの?」

「ぼくが何かをする必要はなかった。もとどおりになったじゃないか。かなりかかっただろうな。もちろん借りたんだろうね?」

「あなたには関係ないわ。私がまだここにいるかどうか確かめに来たの? それとも何かほしいの?」

「マーガレットにひどい仕打ちを受けたんだから、きみに何か頼むのはためらわれる」

「そのとおりだわ。じゃ、ただの好奇心なのね」

彼はもったいぶって言った。「様子を見にくるのが義務だと思ったのでね」

「まあ、あきれた。帰ってちょうだい。私の時間がむだになるわ」

「あの外科医にはたっぷり時間を使ったんだろうに」彼は嘲笑った。「村中の噂が耳に入っているんだ。彼の気を引こうとしているんだって？　言っておくが、たとえ美人で服装の趣味がよかったとしても、きみに望みはないよ。彼はきみの姉さんに夢中なんだ。町に行った時に、姉さんに会った。ウィーンから帰ったところだったよ。フェリシティは彼と結婚する気でいる。なんでもほしいものは手に入れる娘だからね」

メリー・ジェーンは震える手を背中に隠した。顔は青ざめていたが、落ち着いた声で言った。「フェリシティはきれいで有名だし、熱心に仕事をしているわ。ほしいものが手に入るのは当然なのよ」

「噂ではいい結婚相手らしいな。金持で、有名でハンサムで。女性にとって、これ以上の望みはないよな」彼は意地悪く笑った。「だからばかな空想はやめて、顔立ちのことをあまりうるさく言わない男を探すことだね」

「さっさと帰ってよ。忙しいの」メリー・ジェーンはついでに言った。「太ってきたわね、オリバー。ダイエットしたら？」

オリバーはずるくて陰険な男だ。フェリシティとサー・トマスの話を聞かせに来たに違いない。喫茶店が荒らされ、サー・トマスが助けようとしたいきさつをすべて知っているのはたしかだ。彼は笑いながら言った。

「まさかフェリシティも、きみに花嫁の付き添いは頼まないと思うよ。いやなものだろう？　夢見ていた男性が姉さんと結婚するのを見るなんてね」

あんまりだわ。メリー・ジェーンはソーセージロール用のパイ生地を一つかみすくい、ドアを開けようとするオリバーに投げつけた。それはみごとに彼の頭に命中し、頬から襟を伝わり、コートまで流れ落ちた。彼は激しい怒りと驚きで声も出ないでいた。

「さよなら、オリバー」メリー・ジェーンは陽気に言った。

彼がいなくなると、ドアに鍵をかけ、〈閉店しました〉の札を出して二階に上がった。そして座り込んで思いきり泣いた。サー・トマスが私に友情以上のものを感じてくれていると、たとえ一瞬でも思ったなんて、ばかだったわ。それにみじめだ。彼は私に会いに来る、話したいのよ。でも、なぜもっと早く話をしてくれなかったのかしら。フェリシティとのことを話したいことがあると言っていたっけ。もちろんそうだわ。あんな親しげなキスなんかしないでほしかった。そうすれば、私だって愚かなことを考えなくてすんだのに。

メリー・ジェーンははなをかみ、目を洗って、またパンを作り始めた。でも、もしかしたらオリバーは嘘をついているのかもしれない。彼ならやりかねないわ。そう思うと心が晴れて、ソーセージロールが焼けるころには、メリー・ジェーンはすっかり快活さを取り戻していた。

また何人かの客が訪れ、コーヒーやソーセージロールを頼んだ。客からひどい風邪ではないかと言われて、メリー・ジェーンはすぐにうなずいた。まだ目がはれ、鼻が赤くなっていたのだ。

サー・トマスは喫茶店の改装をさせた時、電話を引いてくれた。一人暮らしだから、それが賢明だと考えたのだ。メリー・ジェーンは快く感謝したものの、どう使用料を払おうか、電話をかける用があるだろうかと考えていた。

閉店間際に電話が鳴った。番号を知っているのはサー・トマスと、ミセス・ラティマーぐらいだろう。村の友人たちは、番号を知ったところで、電話にむだなお金を使うはずがない。

だが、電話はフェリシティからだった。

「どうして電話を引いたのを知っているの？」

「トマスから聞いたのよ。またケーキを焼いているんですって？　わくわくしてるでしょうね。私はウィーンから帰ったところよ。幸せでぼうっとなっているの。いい人を見つけたら結婚するって話したわよね——ハンサムで、たっぷりお金があって、私に夢中になってくれる人がね」

メリー・ジェーンはようやく言った。「すばらしいニュースでどきどきするわ。いつ結婚するの？」

「断りきれないモデルの仕事が少し残っているけれど、もうすぐ——数週間のうちにね。

彼のところに移りたいって言ったのに、聞き入れてくれないの」忍び笑いが聞こえた。「彼ってとても古風なのよ」

メリー・ジェーンにはサー・トマスが古風かどうかわからなかったが、フェリシティが引っ越していくことにはぜったい同意しないだろうと思った。

「盛大な結婚式をするの？」

「数週間で準備できる範囲でなるべく盛大にするわ。近くにすてきな小さい教会があって、共通の友達もたくさんいるの。もちろん私は白いドレスを着るつもり。あなたが遠くて残念だわ」

ということは、彼女は私を花嫁の付き添いはもちろん、招待客としても考えていないのね。

「結婚のお祝いは何がいいかしら？」

フェリシティは笑った。「あら、心配しないで。ハロッズにリストを送るつもりだから。それにあなたはお金がないんでしょう」

メリー・ジェーンは自分の声が明るく陽気に響くのがうれしかった。「とにかく結婚式の日取りを教えてね。お姉さんが幸せそうでうれしいわ」今にもわっと泣き出しそうだ。

「もう切らなきゃ。スコーンがオーブンに入っているの」

フェリシティは笑って電話を切った。メリー・ジェーンはドアを閉め、札を裏返して電気を消した。牛乳瓶を裏口の外に出し、冷蔵庫を点検してから、明日のためにテーブルを磨く。その間ずっと声を出さずに泣いていた。オリバーはひどい男だから、あれはただの意地悪だと思い込みそうになった。だが、今度はフェリシティから同じことを聞かされたのだ。

ふさぎ込んでいても仕方ないわ。やがてそう考えて、彼女はガス台の掃除に取りかかった。大きらいな仕事だが、考え事にふけるよりはましだ。

メリー・ジェーンは夕食をほんの少し食べただけで、ベッドに入った。翌朝になっても事態は何も変わらなかったが、ただ彼女は、サー・トマスとは二度と会いたくなかった。彼はフェリシティの留守の間、憐れみ深い人の役を演じて楽しんだのだ。そう考えて、メリー・ジェーンは歯ぎしりした。たとえ一生かかっても、一ペニー残さず彼に返済しよう。どうして彼はあんなキスをしたのだろう？ まるで本気で望んだようなキスを……。

彼は一週間留守にするという話だったが、まだ金曜日だ。この週末にどういう態度をとるか決めよう。病院へ行ったり、患者の診察があれば、彼が来るのはもっと先かもしれない。もしかしたら、二度と来ないかもしれないのだ。「もちろん、そのほうがずっといいわ」彼女はブリンブルに話しかけた。

次の日、メリー・ジェーンが何人か来たうちの最後の客に勘定書を渡していた時、サー・トマスが現れた。部屋の反対側から彼を見つめながら、メリー・ジェーンは心臓が引っくり返りそうになった。彼はいつものように穏やかで感情を見せていないが、かすかにほほえんでいる。無理もないわ。メリー・ジェーンは客を送り出しながら考えた。サー・トマスはすぐドアを閉め、札を裏返した。

「まだ五時にもなっていないわ」メリー・ジェーンは冷たく言った。ひどく憤慨しているので、彼と話すのが少しも苦にならない。

「一日早く帰ってきたんだよ」サー・トマスはドアのそばに立ったまま言った。「一週間が長かった。ただもうきみと話したくて……」

「あら、急がなくてもよかったのに。フェリシティから電話があったわ。彼女はとても幸せですって。あなたも幸せだといいわね」努力しても声が高くなる。「言ってほしかったわ。あなたはとても親切だったけれど、それは姉を喜ばせるためだったのね」

「いったいなんの話だい？」彼の声はひどく静かだ。

「知らないふりをするのはやめて。あなたが姉を好きになるのはわかっていたわ。ウィーンで一緒にいて楽しかった？」

彼の声は相変わらず静かだったが、冷ややかになった。「きみはそう信じているのか？ぼくがきみのところから、まっすぐフェリシティに会いに行ったとか、彼女と結婚するとか、ぼくがきみをからかっていたとか……」

「もちろんだわ。オリバーに言われた時は疑ったけれど、フェリシティが電話してきたんだもの」

「きみはぼくのことをそんな男だと思っているのか?」

メリー・ジェーンは無言でうなずき、冷ややかな怒りに満ちた瞳ににらまれて、あとずさりした。出ていってくれればいいのに。メリー・ジェーンはみじめな気分でそう考えた。願ったとおり、彼は出ていった。

9

メリー・ジェーンは車が走り去るかすかな音を聞きながら、自分の言ったことすべてを悔やんだ。サー・トマスに話す機会を与えなかったし、恩知らずな態度で驚かせてしまった。将来の義妹らしく振る舞い、お祝いを言って、喜びを表せばよかったのだ。

でも、もう手遅れだ。心の凍るような絶望に涙も出ない。このまま一生お茶やコーヒーを出し、ケーキを焼くかと思うと、胸が詰まった。もちろんコテージを売って出ていくこともできる。でも、それでは逃げ出すのと同じことだ。それに、彼に多額の借りがある。

次の朝、教会を出る時に、ミス・ケンブルに引き止められた。「昼食を食べていらっしゃい」彼女はメリー・ジェーンが断る口実を探しているのを押しきって言った。「まだ顔色が悪いわ。眠れないの？　一人でいるのが不安なのね？」

メリー・ジェーンは少しも不安でないとあわてて言った。「それに電話もあるし」

「ああ、あのすてきなサー・トマス・ラティマーがつけてくれたんでしょう。彼はとても親切にしてくれたわね。いろいろ聞いたわ。彼は思いやりがあって、いつも困っている人を助けるんですってね」

牧師館では温かく迎えてくれた。ミス・ケンブルがワインをグラスにつぎ、牧師は生焼けのローストビーフを皿に山盛りにしてくれた。感謝しないわけではないけれど、なぜかミス・ケンブルといると、施しを受けているような気分になってしまう。

食事が終わると、心から礼を言い、散歩に行きたいからと言い訳をして、すぐに牧師館を出た。

二人は親切だったし、牧師館へ行って、長い一日がいくらかつぶせた。日曜はいつも時間を持てあますのだが、今日はとくにひどかった。メリー・ジェーンは長い散歩からぐったりして帰った。そのうちにサー・トマスのことは忘れられるようになるだろう。それに、彼と会う機会もあまりないはずだ。フェリシティは田舎暮らしがきらいだからだ。メリー・ジェーンはコテージに入り、長い時間をかけて夕食を作ったが、ほとんど手をつけなかった。

月曜の午前中は大勢の客で忙しかった。今週の婦人会の集まりにケーキを作る約束をしたので、午後はそれを焼くのにかかりきりだった。

「また一日終わったわ」メリー・ジェーンはブリンブルに話しかけた。

翌日ミセス・ラティマーとミセス・ベネットが来た。「ちょっとドライブをしようと思ったのよ」ミセス・ラティマーが言った。「コーヒーをお願いできるかしら」

ほかにはお客がなかったので、メリー・ジェーンも一緒に座るようにと勧められた。

「ちょっと残念ね」ミセス・ラティマーが言った。「あなたは体調がよくなさそうですもの。この前会った時はとても元気そうだったのに。働きすぎじゃないの？　二、三日休養したらどう？　トマスが帰ってきたのよ。どこだったか、行った先から……」

「ウィーンでしょう」

「そうだったわ。あの子は会いに来たの？」

ミセス・ラティマーの青い目に悪意はなかった。

「ええ」

メリー・ジェーンはどうしてもそれ以上言うことを思いつかなかった。ミセス・ラティマーは次の言葉を待っていたかもしれないが、そんな気配は見せなかった。「あの子も、もう落ち着いていいころだわ」

それを聞くと、ミセス・ベネットが待ちかねたように、最近婚約した娘の話を始めた。それで、メリー・ジェーンがサー・トマスとフェリシティのことを知る機会はなくなってしまった。

「ぜひ遊びにいらっしゃい」ミセス・ベネットが言った。「あなたが暇な日曜にね。ここに電話がついてよかったわ。トマスはよく気がつくこと。お店もすっかりきれいに改装ができたのね」

「彼はとても親切にしてくれました」メリー・ジェーンはぎこちなく言った。「それに村の人たちが食器や家具をくれたんです。助けてもらわなかったら、とても店を再開できなかったでしょう。本当に感謝しています」

「偉いわね」ミセス・ラティマーが言った。「伯父さんの残した古いコテージと、わずかなお金をもとに、一人で暮らそうとする娘さんはあまりいないわ。それがあなたのいとこときたら……」

「オリバーとはあまり会わないんです」会うのは彼がものを頼む時か、私を怒らせる知らせのある時だけ、とメリー・ジェーンは心の中でつけ加えた。

やがて二人は帰っていった。その日は道を間違えたスクーターの男性が来た以外、もう客はなかった。


サー・トマスは仕事に没頭していた。彼はいつもと変わらず落ち着いて思いやりにあふれていたが、トレンブルだけがおろおろしていた。

「何か起こったんだ」彼は妻にそっと言った。「くわしいことはわからないんだが、どこかおかしい」

「あのすてきなお嬢さんが……」彼の妻が言いかけた。

「感傷的なことを考えたりしないほうがいい」

「私の言うことはよく聞いておくものよ」

その夜フェリシティがトマスの家に現れた。ドアを開けたトレンブルは、非難がましい顔をしないように努めた。この軽薄な娘に好意は持っていないが、サー・トマスの都合をききに行く間、小食堂の奥の小さな居間で待つように勧めた。

サー・トマスはデスクで書き物をしていたが、眉根を寄せて顔を上げた。「大事なことかい？」

「若い女性がお見えです。ミス・シーモアですが」

主人の顔を見て、トレンブルは妻の言葉を思い出した。もしこの女性が悩みのもとなら残念だ。もちろん人の好みはさまざまだが、どうもこの女性はサー・トマスにふさわしくないような気がする。

彼は主人についていき、居間でサー・トマスの声を聞いて、ほっと息をついた。

「フェリシティか……。メリー・ジェーンだと思ったよ」

「メリー・ジェーン？　あの子がロンドンで何をしてるというの？　私と会ったら、せめて喜んだ顔をしてほしいわ、トマス。ニュースがあるの、明日の新聞に出るけれど、あなたは前もって知りたいかと思ってね。私、婚約したわ。すばらしい人なの。映画監督よ。何週間も考えたわ。女性は将来のことに慎重にならなくてはいけないんですものね。でも、一緒にウィーンへ行って、彼なら大丈夫って思ったの。アメリカから明日帰ってくるわ。

あなたももちろん結婚式に来てね。メリー・ジェーンに電話したけど、来ないんですって。まるで場違いだし、ふさわしいドレスもないからって」

サー・トマスは立ったまま、椅子に優雅に座ったフェリシティを見下ろした。そして穏やかに言った。「ぼくも結婚式に出る暇はなさそうだよ、フェリシティ。きみたち二人が幸せになるよう祈っている。メリー・ジェーンだったんでしょう？ 会ってもおかしくないのに、きっとあなたは退屈な講義でもしていたのね」

「たぶんね。あなたもウィーンだったんでしょう？」

「そうなんだ。何か飲み物を作ろうか？」

「結構よ。友達みんなと食事に行くところなの」彼女は美しい笑顔を見せた。「ねえ、トマス。一時はあなたとの結婚も考えたわ。でも、あなたは仕事のことしか頭にないのよね」

サー・トマスはほほえんだ。相手がどんなに勘違いをしているか話すつもりはなかった。

木曜の午後、ポター姉妹がお茶に来た。ほかの客はおらず、店は静かだった。ミス・エミリーは満足そうに言った。「人がいなくてよかったわ。あなたに新聞を見せようと思ってきたの。とても面白いことが書いてあるのよ」

姉妹はお決まりのテーブルに陣取っている。メリー・ジェーンはお茶とスコーンを運び、二人がお茶をつぎ、スコーンにバターを塗るのを辛抱強く待った。それがすむと、ミス・エミリーが買い物かごから新聞を取り出して渡してくれた。最初が『テレグラフ』紙で、〝結婚通知〟という欄のページが開いてある。

目的の記事はすぐに目に入った。〝ニューヨークのシアボールド・コリマン監督がロンドンのミス・フェリシティ・シーモアと結婚間近〟メリー・ジェーンは確かめるために二度読んだ。

「わからないわ、間違いかしら?」

「『テレグラフ』が?」ミス・エミリーはびっくりした顔をした。「いちばん立派な新聞よ」

続いて渡された『デイリー・ミラー』が、『テレグラフ』の上品な発表をはなばなしく裏づけた。一面にでかでかと〝有名モデル、映画監督と結婚〟とあり、その下はフェリシティとロイド眼鏡につば広帽子の男性の大きな写真だった。二人は腕を組み、フェリシティは指輪を誇らしげに見せている。

「ぜったい間違いだわ。フェリシティは……」

メリー・ジェーンは姉の言ったことを一語一語思い浮かべた。たしかに、サー・トマスの名は出てこなかった。間違ったのは私だ。早とちりをして、サー・トマスを非難した。私はチャンスをつぶしたばかりか、もっと悪いことに、許してもらえないような言い方で彼を傷つけてしまった。一言も話す機会を与えずに……。

ポター姉妹は驚いたようにメリー・ジェーンを眺めている。「あなたもうれしいでしょう?」

「ええ、うれしいわ」メリー・ジェーンは乱暴に言った。「すばらしい知らせよね。きっと姉は……二人は……とても幸せでしょうね。彼って……」姉の未来の夫のことを言おうとして言葉に詰まった。写真は、大きな帽子と眼鏡以外は、顔がほとんど見えなかった。

「とてもすてきそう」彼女はぎこちなく言った。

「とてもお似合いに見えるわ」ミス・エミリーが率直に言った。「とびきりのお金持だという話よ」

「ええ、フェリシティは楽しいことが好きだから」

姉妹は考えるような目でメリー・ジェーンを見た。

「みんなそうだと思うわ」ミス・メイベルが言った。「あなたは少しやつれたみたい。一緒にお茶にしましょうよ」

メリー・ジェーンはそれに従った。一杯のお茶は万能薬だ。それに気を取り直す時間も与えてくれた。

やがてポター姉妹は帰り、メリー・ジェーンはみじめな思いで取り残された。サー・トマスにお詫びの手紙を書けばいいかしら? それとも、何もしないほうがいいの? もし、勇気を出して、あなたを愛していますと手紙で打ち明けたら、彼は許してくれるだろうか？　メリー・ジェーンは二階に上がり、便せんとペンを持って座った。だが、一時間後、紙でくずかごがいっぱいになったところであきらめた。なぜか今の気持は手紙では表せない。「どのみち、あの人は私のことなんか考えていないのよ」

それは違っていた。サー・トマスはメリー・ジェーンのことをずっと考えていた。仕事に没頭している間は心の奥に抑え込んでいたが、回診のあと師長のオフィスに座り、相手の厳しい言葉に耳を傾けるふりをしながら、頭を別のことでいっぱいにしていた。メリー・ジェーンの首を絞めてやりたい。だが、一方で、そのあと彼女を車に押し込み、静かな場所へ連れていき、その場で結婚したい、とも思った。どうしてぼくがからかったなんて考えるのだろう？　何も手につかないほど愛しているのに。彼は、自分が一度も感情を表そうとしなかったことには思い至らなかった。

サー・トマスが師長の話を聞き終え、ぶらぶらと歩いていると、担当している研修医が患者のことで意見を聞きに来た。研修医は優秀な外科医だが、少し退屈なところがある。彼が慎重な意見を述べていた時、サー・トマスはふいに言った。

「なぜ思いつかなかったんだろう？　もちろん同じ時期にウィーンにいた。当然……」研修医が言葉を切り、サー・トマスはあわてて言った。「すまない、話の筋が混乱してしまった。この義肢は、どうしたらいいと思う？」

やがて研修医は立ち去った。

サー・トマスは、うわべはいつもどおり感じのいい自信に満ちた態度で、自分の部屋に戻った。何人かの患者を診察したあと、ミス・ピンクを呼び入れた。

「なるべく早い時期に仕事を一日休みたいんだが」

「週末が当直になっていますから、月曜の患者さんを土曜に変えてもらいますか？　それなら月曜があきます」

「それで火曜は？　午後に何人か予約があったと思うけれど、午前中はあいていたかな？」

「ミセス・コリアとグレッグ大佐を午後に変えてもらえばあきます。三時すぎにしましょうか？　そうすれば戻ってきて食事をする時間がありますから」

「ミス・ピンク、きみは本当に貴重な存在だ。そのように手配をしてくれるかい？」


メリー・ジェーンは三日間、サー・トマスへの手紙の文面をずっと頭の中で考えていた。でも書いてみると、なぜかぴったりこない。日曜の夜には頭痛がしたが、オリバーが来てさらにひどくなった。

「フェリシティのことをどう思う？」彼はメリー・ジェーンがドアを開けたとたんに言った。

「姉のためにとても喜んでいるわ、オリバー。あなたはすっかり勘違いしていたのね？」

彼は意地悪い顔をした。「将来の夫の名前は間違ったかもしれないが、彼女が自分の力で理想の男性を見つけたことはたしかだ」

「なぜ来たの？」メリー・ジェーンはずばりときいて、彼を早く帰らせようとした。

「マーガレットと話しているんだが、ここがぴかぴかになって設備も整ったから、うちで権利を買い取るのも悪くないと思う。もちろん、ここに住んでいていい。残念ながら、どっちみちコテージはそちらのものだから。きみが店に出て、ぼくが給料を払う。少し頭を使って宣伝すれば、十分うまくいくに違いない」彼は勝手につけ加えた。「フェリシティとの関係はいい宣伝になる」

「そんなことぜったいにさせないわ」メリー・ジェーンはきつい口調で言った。「次にはいったい何を思いつくつもり？　それで来たのなら、帰ってちょうだい！」

彼女はドアを開け、まだしゃべっているオリバーを追い出した。

だが、彼がいなくなったからといって、問題が解決したわけではない。オリバーが店を人にまかせるとしても、ここを買うつもりでいるのは間違いなかった。メリー・ジェーンはお金を手に入れて、どこか好きなところへ行くことになる。今はどこも思いつかないが。

ただ一つ困るのは、自分がサー・トマスのことしか考えられないことだった。

月曜の朝、目を覚ますと太陽が輝いていた。青い空に雲が浮かび、二月というのに一日だけ春が訪れたようだ。メリー・ジェーンはドアに〈営業中〉の札をかけ、四つのテーブルにカップを並べて、スコーンを焼いた。いい天気に誘われて、季節はずれの旅行客が探索の足を伸ばすかもしれない。彼女の楽観的な読みは当たった。まず一つのテーブル、続いて二つ、三つとテーブルが埋まった。八人が一杯五十五ペンスのコーヒーを飲み、スコーンを食べている。メリー・ジェーンはざっと暗算して、元気になった。お昼休みにもっとスコーンを焼こう。まだ昼には間があるが、もっとお客が来るかもしれない。

四人の家族連れがコーヒーを追加注文した。メリー・ジェーンがそれに応じている時、ドアが開いてサー・トマスが入ってきた。ワトソンがついてくる。メリー・ジェーンはコーヒーをこぼしそうになるのをようやく抑え、パーコレーターをテーブルに置くと、客の視線もかまわず茫然(ぼうぜん)と彼を見つめた。彼はあいているテーブルに腰を下ろし、落ち着いてコーヒーを注文した。ほかの客にあいまいに会釈し、初めて会ったような顔でメリー・ジェーンを見ている。なかなか注文に応じてもらえず、少し眉を上げた。

サー・トマスを見た瞬間、メリー・ジェーンの全身にうれしさが広がったが、突然怒りが襲ってきた。どうして彼は赤の他人のように入ってきて、平然とした顔で私をじろじろ見ていられるのだろう?

メリー・ジェーンは震える手でコーヒーをいれ、それを運ぶと、彼のほうは見ずに体をかがめ、ワトソンの頭をなでた。それから、ほかの客と変わらないことを知らせるために勘定書を書き、それをテーブルにのせ、代金を請求しようと手を出した。

彼はそっとその手を持ち上げた。少し荒れていたが、きれいな形の小さな手だった。彼は手のひらにキスをして、指を折りまげてから放した。

サー・トマスが次にどうするつもりだったのかは、わからない。道を間違えて休んでいた小さな車の二人連れの女性が、大声で勘定書を頼んだからだ。二人が帰ると、メリー・ジェーンはカウンターの後ろに小さくなり、サー・トマスのほうを見ないようにした。だが、彼に見つめられているのを痛いほど感じる。次に、散歩の途中の若い夫婦が、メリー・ジェーンを不思議そうに眺め、サー・トマスをじろじろ見ながら出ていった。残ったのは陽気で若い父親ににぎやかな母親、幼い子供二人の家族連れだった。四人は興味津々でサー・トマスを見守っている。急ぐ様子もなく、なりゆきを見守っているらしい。サー・トマスはのんびりと、黙って座っている。彼は仮面のように無表情で、メリー・ジェーンに視線をそそいでいる。

家族連れはついに待ちきれなくなり、勘定を払って出ていく支度を始めた。母親が子供のコートのボタンを留めながら、メリー・ジェーンに笑いかけた。「私たちが帰ってうれしいでしょうね。彼はあなたから目が離せないみたいよ」出ていく途中で、母親は振り向いて言った。「お二人の幸運を祈るわ、さよなら」

家族連れが車に乗ると、サー・トマスは立ち上がって、札を裏返し、鍵(かぎ)をかけた。そして手をポケットに入れてドアに寄りかかった。

メリー・ジェーンは部屋の真ん中に立ったまま、彼が話すのを待った。しばらくして沈黙に耐えられなくなり、頭に浮かんだ最初のことを口に出した。

「あなたは病院にいるはずじゃないの？」

「そのとおり。でも、ミス・ピンクが予約簿に一生懸命手品をかけて、一日休暇を取らせてくれた」

彼が急に笑顔になったので、心臓がどきんとする。「きみに会うためだよ。大切なメリー・ジェーン」

「私に？」

「きみはぼくがウィーンに行ったのは、フェリシティと会うためだと思っていたね？」

「ええ、オリバーがそう言ったし、フェリシティから電話があったからよ。名前は言わなかったけれど、有名でお金持でハンサムな男性と結婚すると話していたから、あなたに違いないと……」

「それで？」彼は優しくうながした。

「ミス・エミリーが新聞を二つ見せてくれて、一つには写真ものっていたの。フェリシティと、名前は忘れたけれど、面白い帽子の人。それであなたに手紙を書こうとしたけれど、うまく書けなくて……」

「ぼくがこの店を直すのに手を貸したのは、きみがフェリシティの妹だからだと考えたのかい？」

彼女はうなずいた。「少し混乱していたの」

「なぜ混乱していたんだい、メリー・ジェーン？」

メリー・ジェーンは努力して彼の目を見た。「言いたくないわ。あなたが気にしなければ……」

「とても気になるね。きみが言ったり、したり、考えたりすることはすべて気になる。心から愛しているよ、メリー・ジェーン。きみはぼくの一部、いや、ぼくのすべてになった。一緒にいたい。ぼくの家にいて、ぼくと話して、ぼくを愛してほしい」

メリー・ジェーンは、心のはずむような興奮と、夢が実現したといううれしい驚きでいっぱいになった。彼女は小さな声で言った。「本当にたしかなの、トマス？　私はあなたを心から愛しているわ。でも、オリバーが……」

サー・トマスはドアから離れて、メリー・ジェーンを引き寄せた。「オリバーなんか地獄行きだ」

彼女は繰り返した。「本当にたしかなの？」そして、そっと彼の顔をのぞいて、表情を読み取った。「心からあなたを愛しているわ」

「そう言ってくれると思ったが、確かめたかったんだ」

「でも、話すべきことは話したいわ……」

「もういいよ」サー・トマスは言って、メリー・ジェーンにキスをした。やがて、メリー・ジェーンは息をはずませて、彼を見上げた。

「とてもすてきだったわ」

「それならもう一度……」

「トマス、オーブンにスコーンが入っているの」メリー・ジェーンはあわてて言った。

「キスがいやなわけじゃないのよ。でも、焦げてしまうから」

サー・トマスはその言葉を無視した。「荷物を詰めて、ブリンブルをバスケットに入れるんだ。十分あればいいね。ここはぼくがきちんとしておく。議論はやめてほしい、時間がないから。結婚したら、話したいことを好きなだけ話していいよ」

メリー・ジェーンは背伸びして、彼のあごにキスをした。「覚えておくわ」そして二階に上がって、言われたとおりにした。

彼はそれを見送ってから、台所へ行き、スコーンをオーブンから出した。

「何を持っていったらいいの、トマス？」メリー・ジェーンの声が階段の上から聞こえた。

「どこへ行くのか聞いてなかったわ」

彼は階下から心配そうな顔で見上げた。「もちろんぼくの家だよ、かわいい人」

上からメリー・ジェーンの美しい笑顔がのぞいた。

●本書は1996年11月に小社より刊行された作品を文庫化したものです。

二人のティータイム
2024年10月1日発行　第1刷

著　者　ベティ・ニールズ

訳　者　久我ひろこ（くが　ひろこ）

発行人　鈴木幸辰

発行所　株式会社ハーパーコリンズ・ジャパン
東京都千代田区大手町1-5-1
04-2951-2000（注文）
0570-008091（読者サービス係）

印刷・製本　中央精版印刷株式会社

定価はカバーに表示してあります。

Printed in Japan © K.K. HarperCollins Japan 2024 ISBN978-4-596-71278-3

10月11日発売

ハーレクイン・シリーズ 10月20日刊

ハーレクイン・ロマンス

愛の激しさを知る

白夜の富豪の十年愛 ジョス・ウッド／上田なつき 訳
《純潔のシンデレラ》

無垢のまま母になった乙女 ミシェル・スマート／雪美月志音 訳
《純潔のシンデレラ》

聖夜に誓いを ペニー・ジョーダン／高木晶子 訳
《伝説の名作選》

純潔を買われた朝 シャロン・ケンドリック／柿原日出子 訳
《伝説の名作選》

ハーレクイン・イマージュ

ピュアな思いに満たされる

透明な私を愛して キャロル・マリネッリ／小長光弘美 訳

遠回りのラブレター ジェニファー・テイラー／泉　智子 訳
《至福の名作選》

ハーレクイン・マスターピース

世界に愛された作家たち
～永久不滅の銘作コレクション～

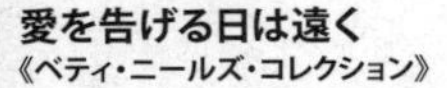

愛を告げる日は遠く ベティ・ニールズ／霜月　桂 訳
《ベティ・ニールズ・コレクション》

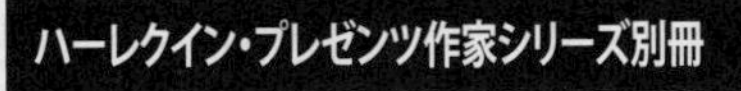

ハーレクイン・プレゼンツ作家シリーズ別冊

魅惑のテーマが光る極上セレクション

傷ついたレディ シャロン・サラ／春野ひろこ 訳

ハーレクイン・スペシャル・アンソロジー

小さな愛のドラマを花束にして…

あなたを思い出せなくても シャーロット・ラム他／馬渕早苗他 訳
《スター作家傑作選》